Dubbele doodslag
Santa Fe

D0885035

Faye & Jonathan Kellerman

Dubbele doodslag
Santa Fe

SIJTHOFF

Voor onze kinderen
Jesse en Gabriella Kellerman
Jonathan en Rachel Kessler
Ilana Kellerman
Aliza Kellerman

Met speciale dank aan Michael McGarrity, Santa Fe, New Mexico, politiecommissaris Beverly Lennen en rechercheur brigadier Jerry Trujillo.

STILLEVEN

1

Darrel Two Moons en Steve Katz zaten aan een late avond-
maaltijd bij café Karma toen de oproep binnenkwam. Katz
had het restaurant uitgezocht. Alweer. Two Moons keek toe
hoe zijn partner zijn Paradijselijk Gekweekte Biologische
Lamsburrito met extra Eclectische Groente met tegenzin op-
zijschoof en zijn zak afzocht naar zijn semafoon.
Het was iets over halfelf. Waarschijnlijk het zoveelste geval van huiselijk geweld in het zuiden van de stad. Al vijf
weken lang hadden Darrel en Katz van vier uur 's middags
tot twee uur 's nachts de buitengewone opsporingsdienst ge-
draaid. Hun oproepen bestonden tot nu toe uit echtelijke
twisten, gewelddadige straatbendes, en diverse alcoholgere-
lateerde incidenten die allemaal plaats hadden gevonden onder St. Michael's, de Mason-Dixongrens die Santa Fe door-
midden kliefde en meer was dan een scheidsrechterlijk lijntje
op de kaart.
Nog drie weken te gaan tot aan Kerstmis, en de eerste dagen van december hadden een aangename winter ingeluid,
met dagtemperaturen van rond het vriespunt. Maar vier dagen geleden was de nachttemperatuur gezakt naar min twintig. De sneeuw die was gevallen na deze lange periode van
droogte, bleef wit en donzig liggen. De lucht was koud en
bijtend. Hun dienst leek op een langdurig verblijf in een koel-
cel.
Maar in ieder geval hield het rare volk dat in café Karma
werkte de tent warm. Bloedheet zelfs. Darrel, een grote, lange man, zwom in zijn kleren, zwetend in zijn zwarte wollen
bloes met zwarte stropdas, zwart corduroy sportjasje en de
zware zwarte gabardine broek die ooit in Duitsland gemaakt
was en die hij van zijn vader geërfd had. Zijn zwarte ge-
watteerde ski-jack hing over een afschuwelijke handbeschil-

derde stoel, maar hij hield zijn sportjasje aan om het ver-
plichte .45 kaliber dienstwapen in zijn kruiselings bevestig-
de rundleren schouderholster aan het gezicht te onttrekken.
Zijn onwettige enkelwapen, een vernikkelde .22 kaliber, was
minder lastig te verbergen. Die lag tegen zijn linkerkuit ge-
vlijd, behaaglijk in zijn handgemaakte Tony Lama-laars van
olifantshuid.

Katz droeg dat wat hij elke avond had gedragen sinds het
weer omgeslagen was: een pluizig bruin met wit geruite bloes
over een witte coltrui, een vale spijkerbroek, zwart-witte hoge gympen. Over zijn stoel hing die sjofele grijze wollen over-
jas. Heel erg New *Yawk*. Hoe hield hij zijn voeten in godsnaam warm in die Keds?

Two Moons nam een slok van zijn koffie en at door toen
Katz de nu zwijgende semafoon bevrijdde. Verderop bij de
taartvitrine stond de meervoudig met piercings versierde got-
hic serveerster in de ruimte te staren. Ze had hun bestelling
met lege ogen opgenomen en was vandaar naar het espres-
soapparaat gelopen. De rechercheurs keken toe hoe ze zes
minuten bezig was Katz' Groene Thee Chai Cappuccino op
te schuimen. Zesenhalve minuut, om precies te zijn: de rechercheurs hadden haar geklokt.

Starend in het schuim, alsof er een groot kosmisch geheim
in verborgen lag.

Darrel en Katz hadden elkaar veelbetekenend aangeke-
ken, tot Two Moons zich op fluistertoon afvroeg wat er nu
daadwerkelijk bereid werd in de keuken. Katz was in de lach
geschoten, waarbij zijn grote rode snor op- en neerging. Deze maand zat er een ander team op narcotica.

Katz bestudeerde het nummer op de semafoon en zei: 'Het
bureau.' Nog meer gegraai, nu in zijn andere zak, en daar
kwam zijn kleine blauwe mobiele telefoon tevoorschijn.

De zoveelste maaltijd die afgebroken moest worden. Two
Moons at snel door terwijl Katz zich meldde. Hij had geprobeerd een zo normaal mogelijk maal te bestellen in dit

gekkenhuis: een champignonburger met pittig gekruide huisgemaakte frieten en gesneden tomaat. Hij had duidelijk aangegeven dat hij geen alfalfa wilde, maar ze hadden er toch een bosje van op zijn bord gelegd. Darrel haatte dat spul: het deed hem denken aan veevoer. Of aan iets uit een haarborstel. De aanblik alleen al gaf hem kotsneigingen. Hij pakte het weg en wikkelde het in een servetje, waarop Katz het onmiddellijk weggriste en naar binnen werkte.

Als het aan Katz lag zaten ze hier elke avond. Darrel moest toegeven dat het eten altijd prima was, maar de sfeer was een ander verhaal. Met het kronkelende paadje vol ingelegde kiezelsteentjes en spiegelscherven, de antioorlogpetities aan de felgekleurde muren van het kleine halletje, en de aan gevangeniscellen denkende kamertjes vol bijeengeraapte tweedehands meubeltjes en wierookgeuren was Karma wat zijn vader, voormalig sergeant van de artillerie, vroeger 'een tent voor langharig links hippietuig' had genoemd.

Gaandeweg had zijn vader zijn mening bijgesteld, maar Darrels militaire opvoeding liet zich niet verloochenen. Hij had het liefst een gewone hamburger en gewone frict in een politiek neutrale omgeving.

Katz kreeg het bureau te pakken. Hun afdeling was verhuisd van het Santa Fe politiebureau naar het provinciale gebouw aan Highway 14. Politie, brandweer, gemeentepolitie, rijkspolitie, alles was nu geïntegreerd, en de meeste stemmen op het bureau klonken niet langer bekend. Maar deze keer was het anders. Katz glimlachte en zei: 'Hé, Loretta, hoe is het?'

Toen betrok zijn gezicht en de grote, koperen snor viel omlaag. 'O... Ja, natuurlijk... Waar? Dat meen je niet!'

Hij hing op. 'Raad eens, Big D?'

Darrel smakte en slikte een hap van zijn champignonburger door. 'Een seriemoordenaar.'

'Bijna goed,' zei Katz. 'Een gewone moordenaar. Moord met bruut geweld in Canyon.'

Canyon Road was een chique wijk, pal ten oosten van het Plaza in Historic District. Een rustig, leuk, groen buurtje met smalle straatjes, ommuurde appartementencomplexen, galeries en dure cafeetjes. Het centrum van Santa Fe's kunstwereldje.

Darrels hartslag versnelde van veertig naar vijftig. 'Een privé-woning, neem ik aan? Vast geen galerie op dit tijdstip.'

'Toch wel, amigo,' antwoordde Katz terwijl hij opstond en zijn sjofele grijze jas aanschoot. 'Absoluut een galerie. Het *d.l.* is Larry Olafson.'

2

Met zijn in schapenleren handschoenen gestoken handen stevig om het stuur gevouwen, reed Two Moons over Paseo de Peralta, de ringweg rond het centrum. Er lag sneeuw op de takken van de pijnbomen en jeneverbesstruiken, maar de weg was schoon. Het was drie weken voor kerst, en de *farolito's* met hun gedimde, sepiakleurige kaarslichtjes stonden al verspreid over de daken van de stad. Zoals gewoonlijk waren de bomen op het Plaza versierd met veelkleurige lampjes. Er was nog tijd genoeg, zo bedacht Darrel, om te gaan winkelen en cadeautjes te kopen voor Kristin en de meisjes. Als hij tenminste ooit eens vrij kreeg.

En nu dit weer.

En dan deze man nog wel!

Lawrence Leonard Olafson had Santa Fe tien jaar geleden getroffen als een plotseling opkomende zomerstorm die de hemel midden op de dag doorklieft en een elektrische schok door de woestijnlucht zendt.

In tegenstelling tot zo'n zomerbui was Olafson niet meer verdwenen.

Deze zoon van een onderwijzeres en een boekhouder had een studiebeurs aan Princeton gekregen, was afgestudeerd in financiën met kunstgeschiedenis als bijvak, en had toen iedereen verbaasd door Wall Street te mijden. In plaats daarvan was hij op de onderste trede begonnen met een rotbaantje bij Sotheby's: als loopjongen voor een specialist in Amerikaanse schilderijen. Daar leerde hij wat goed verkocht en wat niet, dat het verzamelen van kunst voor de één een verslaving is en voor de ander een meelijwekkende poging om hogerop te klimmen in bepaalde sociale kringen. Daar smeerde hij stroop op de juiste plaatsen, verzorgde de koffie, en maakte hij de juiste vrienden en een snelle carrière. Drie jaar later was hij hoofd van de afdeling. Een jaar later sloot hij een betere deal bij Christie's en vertrok toen met een stroom rijke cliënten in zijn kielzog. Weer achttien maanden later was hij manager van een vooraanstaande galerie aan het beste stuk van Madison, waar hij zowel Europese als Amerikaanse kunst verkocht. En de band met zijn cliëntèle uitbreidde.

Op zijn dertigste was hij eigenaar van zijn eigen galerie in het Fullergebouw aan West 57th; een gedempt verlicht souterrain met hoge plafonds, van waaruit hij Singer Sargents en Hassams en Friesekes en Heades en derderangs Vlaamse stillevens van bloemen verkocht aan de Oude Rijken en de Iets Nieuwere Rijken die Pretendeerden bij de Oude Rijken te Behoren.

Binnen drie jaar had hij zijn tweede onderneming geopend: Olafson South, aan 21st Street in Chelsea, ingeluid met een soiree waarvan verslag werd gedaan in de *Voice*. Muziek van Lou Reed, Europese *wannabees* met diepliggende ogen, eerstejaars arrivisten, en aanstormende IT'ers, strijdend om moderne *plaatjes*, vers van de pers.

Tussen het jongleren met beide zaken door vergaarde Olafson een fortuin, trouwde hij met een bedrijfsjuriste, kreeg een paar kinderen, en kocht een appartement met tien kamers en uitzicht op het park aan Fifth en 79th. En in de tussentijd verstevigde hij zijn positie.

Ondanks een aantal tegenslagen.

Zoals het drietal schilderijen van Alfred Bierstadt Yosemite dat verkocht werd aan een bankierserfgenaam uit München en uiteindelijk het werk van een veel mindere schilder bleek te zijn, vermoedelijk van Hermann Herzog. Of het ongesigneerde tuintafereel van Richard Miller dat boven water kwam tijdens een veiling van een landgoed in Indianapolis en binnen vierentwintig uur overgedragen werd aan een erfgenaam van een farmaceutisch bedrijf in Chicago, die het vervolgens overmoedig tentoonstelde in zijn penthouse aan Michigan Avenue, tot bleek dat er een luchtje aan de herkomst van het schilderij zat.

Er waren in de loop der jaren nog een aantal ongelukjes geweest, maar elk incident werd zorgvuldig buiten de media gehouden omdat de kopers niet dom wilden lijken. Daarbij kwam dat Olafson iedere keer de schilderijen onder het aanbieden van zijn oprechte excuses en betuigen van zijn onschuld had teruggenomen en volledig vergoed.

Alles liep op rolletjes tot de middelbare leeftijd zich aandiende; een tijd waarin iedereen in New York van enige betekenis de een of andere vorm van levensverbeterende, zielsverrijkende, enorme spirituele verandering onderging. Op zijn achtenveertigste was Olafson gescheiden, vervreemd van zijn kinderen, rusteloos en klaar voor een nieuwe uitdaging. Iets rustigers, want hoewel hij New York nooit in de steek zou laten, had Olafson de behoefte ontwikkeld aan een tegenhanger van het New Yorkse ritme. De Hamptons voldeden niet aan die behoefte.

Zoals iedere zichzelf serieus nemende kunstkenner was hij wel eens in Santa Fe geweest om rond te snuffelen, kunst aan te kopen en te dineren bij Geronimo. Hij schafte er een paar secundaire O'Keeffes en een Henning aan die hij binnen een paar dagen doorverkocht. Hij waardeerde het eten en de ambiance en de zon, maar betreurde het ontbreken van een echt goed hotel.

Het zou prettig zijn om zijn eigen stek te hebben. Aanlokkelijke huizenprijzen gaven de doorslag: voor een derde van wat hij tien jaar geleden voor zijn appartement in New York betaald had, kon hij hier een landgoed kopen. Hij kocht een vijf are grote opeenstapeling van natuurstenen op een terrein van twee hectare in Los Caminitos, ten noorden van Tesuque, met een nagenoeg onderhoudsvrije tuin en uitzicht op Colorado vanaf het dakterras. Nadat alle dertien kamers smaakvol ingericht waren, begon hij de met diamantpleisterwerk gestuukte muren te voorzien van kunst: een paar taoïstische meesters en twee schetsen van O'Keeffe die hij in Connecticut had aangeschaft om de tongen in beweging te zetten. Hij sloeg grotendeels een nieuwe weg in: neomistisch moderne kunst van schilders en beeldhouwers uit het zuidwesten die hun ziel en zaligheid zouden verkopen in ruil voor vertegenwoordiging.

Strategisch geplaatste donaties aan de juiste goede doelen, in combinatie met buitensporige feesten op zijn landgoed, verankerden zijn sociale positie. Binnen een jaar behoorde hij tot de incrowd.

Zijn uiterlijk deed hem ook geen kwaad. Olafson wist al vanaf de middelbare school dat zijn figuur en doordringende stem door God gegeven attributen waren waar hij gebruik van diende te maken. Met zijn lengte van één meter vijfentachtig, slanke postuur en brede schouders was hij altijd beschouwd als een knappe man. Zelfs nu, nu hij kaal was op een witte kuif en een staartje in zijn nek na, zag hij er nog goed uit. Een getrimd, wit baardje gaf hem een zelfverzekerde uitstraling. Op de openingsavond van het operaseizoen mengde hij zich tussen de rijken in zijn zwartzijden kostuum, boordloze witzijden overhemd dat bovenaan sloot met een blauwe diamant, handgemaakte struisvogelleren Zweedse muilen die hij zonder sokken droeg, en een jonge brunette aan zijn arm, al werd er her en der gefluisterd dat dit voor de schijn was. Voor intiemere contacten, zo ging het verhaal, gaf de galeriehouder de voorkeur aan de sierlijke jongemannen die hij inhuurde als 'butler'.

Santa Fe was altijd een liberaal stadje in een overigens conservatieve staat geweest, en Olafson paste daar goed tussen. Hij besteedde geld aan een verscheidenheid van doelen, sommige ervan populairder dan andere. De laatste tijd hadden de minder populaire overheerst: Olafson had de kranten gehaald nadat hij zich had aangesloten bij het management van een milieugroepering genaamd ForestHaven en had toen een reeks rechtszaken aangezwengeld tegen kleine boeren die regeringsland beweidden.

Met name die zaak had veel venijn opgewekt; de kranten hadden een aantal hartverscheurende artikelen gewijd aan papa-en-mama-boer-en-boerin-die-hun-uiterste-best-deden-om-het-hoofd-boven-water-te-houden. Gevraagd naar zijn commentaar daarop, was Olafson arrogant en onsympathiek overgekomen.

Steve Katz begon erover toen hij met Two Moons naar de plaats van het misdrijf reed.

'Ja, dat kan ik me nog herinneren,' zei Darrel. 'Ik zou ook kwaad geweest zijn.'

'Geen mededogen voor de heiligheid van het land, opperhoofd?'

Darrel gebaarde naar de voorruit. 'Ik vind dat het land er prima uitziet, rabbi. Mijn mededogen gaat uit naar de gewone man die hard moet werken voor zijn brood.'

'En jij denkt niet dat Olafson werkte voor zijn brood?' vroeg Katz.

'Het doet er niet toe wat jij en ik ervan denken,' snoof Two Moons. 'Onze taak is om uit te zoeken wie zijn hersens ingeslagen heeft.'

Olafson Southwest lag in een op een heuvel gebouwde wijk, helemaal bovenaan, aan de noordkant van Canyon, een flink stuk voorbij de smaak opwekkende geuren die uit Geronimo stroomden en de betaalde parkeerplaats die de gemeente had aangelegd om te verdienen aan de toeristen die met hun SUV's naar de stad kwamen. Het terrein van de galerie was groot en schaduwrijk door de vele bomen, met grindpaden en een fontein en een handgesmede koperen toegangspoort. Verderweg stond een natuurstenen gastenverblijf, maar het gebouw was donker en afgesloten, en er was niemand die Katz en Two Moons kon zeggen of er iemand woonde.

De galerie was opgedeeld in vier witgeverfde vleugels en een grote achterkamer vol schilderijen en schetsen in verticale rekken; zo op het eerste oog leken het er honderden te zijn. De rechercheurs slenterden terug. Al dat bleke pleisterwerk, in combinatie met de gebleekte vloeren en halogeenlampen tussen de plafond-hoge, handgedraaide zuilen langs de wand, schiep een vreemd pseudo-daglicht. Katz' pupillen trokken zo hard samen dat zijn ogen pijn deden. Het had geen zin om hier rond te neuzen. De grootste bezienswaardigheid bevond zich in vertrek nummer twee. Het lichaam lag daar waar het gevallen was, gestrekt op de gebleekte grenenhouten vloer.

Een groot, vies stilleven.

Larry Olafson lag op zijn buik, zijn rechterarm onder zich gekruld, de linker gestrekt met gespreide vingers. Twee ringen aan die hand, één met een diamant en één met een saffier, en een schitterend Breguet-horloge om zijn pols. Olafson droeg een havermoutkleurig wollen shirt, een kalfsleren vest in de kleur van pindakaas, en een zwarte flanellen broek. Bloedspatten zaten verspreid over alledrie de kledingstukken en waren op de grond gedrupt. Schapenleren halfhoge laarzen bedekten zijn voeten.

Een kleine meter verderop stond een plastiek: een enorme chromen schroef op een zwart houten sokkel. Katz bekeek het etiket: *Volharding*. Van de kunstenaar Miles D'Angelo. En nog twee werken van dezelfde man: een gigantische schroevendraaier en een bout met de omvang van een vrachtwagenwiel. Achter die twee, een lege sokkel: *Kracht*.

Katz' ex-vrouw had zichzelf beeldend kunstenaar genoemd, maar het was alweer een tijd geleden dat hij Valerie of een van haar nieuwe vrienden gesproken had, en hij had nog nooit van D'Angelo gehoord.

Hij en Darrel liepen naar het lijk en bestudeerden de achterkant van wat ooit Larry Olafsons hoofd was geweest.

Gebruinde, haarloze huid was tot pulp geslagen. Bloed en hersenweefsel zaten aan de witte kuif en staart geplakt en maakten het haar hard en dieprood, een bloederige hennaspoeling. Een paar spatjes bloed, een lichte nevel, hadden hun weg gevonden naar een nabije muur aan Olafsons rechterzijde. Indrukwekkend. De lucht was koperachtig.

Olafsons onaangeraakte sieraden schreeuwden dat roofmoord hier te betwijfelen viel.

Maar toen vermaande Katz zich voor zijn kortzichtige gedachte. Olafson handelde in kunst met een hoofdletter K. Er bestonden allerlei soorten diefstal.

Die lege sokkel...

De patholoog-anatoom, dr. Ruiz, had een thermometer in de lever gestoken. Hij keek op naar de rechercheurs, stak het instrument weer terug in zijn koker en inspecteerde de wond. 'Twee, drie uur max.'

Two Moons keerde zich naar de agente die hen op de plaats van het misdrijf had opgewacht. Debbie Santana was een groentje – een voormalig kantoorbeambte uit Los Alamos – dat nog geen jaar op straat werkte. Dit was haar eerste d.l. en het leek haar weinig te doen. Misschien was het werken met radioactief materiaal een stuk enger. Darrel vroeg haar wie de politie had gebeld.

'Olafsons butler,' antwoordde Debbie. 'Hij kwam een halfuur geleden langs om zijn baas op te halen. Blijkbaar was

Olafson nog laat aan het werk omdat hij een afspraak met een klant had. Hij en de butler, Sammy Reed, zouden om een uur of tien bij Osteria gaan eten.'

'Had die klant ook een naam?'

Debbie schudde haar hoofd. 'Reed zegt dat hij het niet weet. Hij is behoorlijk overstuur en huilt aan één stuk door. Hij zegt dat de deur op slot zat toen hij aankwam, dat hij zijn sleutel heeft gebruikt en Olafson heeft geroepen. En dat hij toen hij geen antwoord kreeg naar binnen is gegaan en hem hier vond. Geen tekenen van inbraak. Dus dat komt overeen met zijn verhaal.'

'Waar is Reed nu?'

'In de surveillancewagen. Randolph Loring houdt een oogje op hem.'

Katz vroeg: 'Dus het moet tussen acht en tien gebeurd zijn?'

'Om en nabij,' antwoordde dr. Ruiz. 'Een halfuurtje eerder zou ook nog kunnen.'

Two Moons verliet de ruimte en kwam even later terug. 'Op de deur staat dat de galerie tot zes uur open is. Olafson moet hebben gedacht dat hij met een goede klant te maken had als hij twee uur langer gebleven is.'

'Of hij is aan het lijntje gehouden,' zei Katz.

'Hoe dan ook: als hij het idee had dat het om veel geld ging, dan zou hij net zolang gebleven zijn als nodig was.' Darrel beet hard op zijn onderlip. 'Die vent was gek op geld.'

De vijandige ondertoon van die opmerking was totaal misplaatst. Santana en Ruiz staarden Two Moons aan. Hij negeerde hun onderzoekende blikken en liet zijn ogen over de schilderijen aan de muur gaan. Een serie blauwgrijze abstracten. 'Wat vind jij hiervan, Steve?'

'Niet slecht,' antwoordde Katz. Hij zat nog steeds bij het lichaam geknield. Een beetje verbaasd over de vijandigheid, maar niet geschokt. Darrel was al een paar dagen een beetje chagrijnig. Dat ging wel weer over. Zoals altijd.

Hij vroeg dr. Ruiz naar de bloedvlekken.

Ruiz antwoordde: 'Ik ben geen expert op het gebied van bloedspatten, maar aangezien er geen bloed ligt in de andere vertrekken, lijkt het me vrij duidelijk dat hij op deze plek neergeslagen is. Hij is occipitaal, op zijn achterhoofd, geraakt, aan de rechterkant. Het ziet ernaaruit dat hij maar één keer geraakt is. Ik zie geen tekenen van worsteling. Hij heeft een klap gekregen en is in elkaar gezakt.'

'Het is een grote man,' zei Katz. 'Was het een slag van boven of van onderen?'

'Eerder van gelijke hoogte.'

'Dus we hebben het hier over een andere grote jongen.'

'Dat lijkt me voor de hand liggend,' antwoordde Ruiz, 'maar daar kan ik je pas meer over vertellen als ik hem opengemaakt heb.'

'Enig idee wat het wapen geweest zou kunnen zijn?' vroeg Katz.

Ruiz dacht even na. 'Wat ik daar op dit moment over kan zeggen, is dat het een groot en zwaar voorwerp met afgeronde hoeken geweest moet zijn.' Hij knielde naast Katz neer en wees naar de papperige wond. 'Kijk hier maar eens. Eén inkeping, maar dan wel een diepe. De kracht heeft het bot verbrijzeld. Met het blote oog zijn geen kleine deeltjes te zien, zoals dat bij een scherp voorwerp het geval geweest zou zijn. Geen andere raakvlakken. Het voorwerp, wat het ook geweest is, heeft over een relatief groot gebied schade veroorzaakt en de botfragmenten de hersens in gedrukt. Het moet een zwaar voorwerp geweest zijn.'

'Zoiets als een koevoet?'

'Groter. We hebben het hier over immense kracht.'

'Extreme woede,' zei Darrel.

Ruiz stond op en rekte zich uit. Stak een hand uit naar zijn knie en grimaste.

'Stijf, Doc?'

'Ik zie de lol niet in van ouder worden.'

Katz glimlachte en gebaarde met een hoofdknikje naar de lege sokkel.

'Die heb ik ook zien staan,' zei Ruiz. 'Misschien. Als dat wat er hoorde qua gewicht op de andere dingen lijkt.'

Darrel zei: 'Het zou niet eenvoudig zijn zoiets zwaars mee te nemen. En er is geen bloedspoor.'

'Als het een chromen voorwerp is,' zei Ruiz, 'dan kan het zijn dat het bloed er niet aan vast is blijven kleven. Het kan er meteen na de slag van afgedropen zijn. Of onze moordenaar heeft het afgeveegd en meegenomen.'

'Als souvenir?' vroeg Darrel.

Ruiz glimlachte. 'Misschien is het een kunstliefhebber.'

Katz glimlachte ook. 'Of hij was opgefokt, stijf van de adrenaline, en heeft het ding meegenomen en in de buurt weggegooid.'

Darrel keek op zijn horloge. 'Tijd voor een zoektocht.'

Katz zei: 'Het is behoorlijk donker daarbuiten en ik heb geen buitenverlichting gezien bij het gastenverblijf.'

'Geen probleem,' reageerde Two Moons. 'We zetten gewoon het hele terrein af, regelen wat bouwlampen en zetten de noordkant van Canyon af.'

Ruiz grijnsde. 'Als jullie de noordzijde van Canyon af willen zetten, dan kunnen jullie maar beter zorgen dat je bijtijds klaar bent.'

Een betweterige grijns vond Katz het; misschien was het Ruiz' manier om met een dode om te gaan. David Ruiz, de kleine, ronde, hyperintelligente zoon van een Latijns-Amerikaanse stukadoor, had met dank aan een studiebeurs gestudeerd aan UNM, vervolgens zijn MD behaald aan Johns Hopkins, en de klinische opleidingsperiode voor gerechtelijke geneeskunde doorlopen in het New York Hospital. Hij had een aantal jaren doorgebracht bij de patholoog-anatoom dr. Michael Baden in zijn praktijk in New York. Hij en Katz hadden al heel wat oorlogsverhalen over New York uitgewisseld. De baan in Santa Fe had Ruiz teruggebracht naar zijn geboortestaat. Hij woonde buiten de stad, op een ranch vlak bij Galisteo, met paarden en koeien, honden en katten, en een paar lama's. Hij had een vrouw die gek op dieren was, en een heel stel kinderen.

'Negen uur op zijn laatst,' ging Ruiz verder. 'Want dan beginnen de toeristen te komen. Als jullie Canyon blokkeren, belemmeren jullie de burgerrechten.'

Two Moons reageerde laconiek: 'En ik maar denken dat we diezelfde burgerrechten nu juist beschermden.'

'Ach, weet je,' zei Ruiz. 'Een paar uur geleden was Olafson nog een belangrijk man. En nu is híj een belemmering.'

De rechercheurs lieten de technische dienst zoeken naar vingerafdrukken in de galerie en in Olafsons kantoor. Onmiddellijk kwamen er honderden afdrukken tevoorschijn, wat bijna net zo erg was als helemaal geen afdruk. Nadat alles was gefotografeerd, trokken Two Moons en Katz hun handschoenen aan en doorzochten ze het bureau van de galeriehouder. In de bovenste la vond Katz Olafsons palmtop. Veel namen, een paar die hij kende. Ook die van Valerie. Dat verbaasde hem. Voorzover hij begrepen had, had ze haar kunstenaarsdromen achter zich gelaten en een zekere mate van tevredenheid bereikt in haar werk in de Sarah Levy Galerie op het Plaza, waar ze kostbaar indiaans aardewerk verkocht.

'Dit zijn de mensen met het echte talent, Steve,' had ze tegen hem gezegd toen hij bij haar langs was gegaan. 'In ieder geval ben ik slim genoeg om het verschil te zien.'

Katz dacht toen vocht in haar ooghoeken te hebben gezien. Maar misschien had hij het mis. Wat Valerie betrof had hij het wel vaker mis gehad.

Nadat hij eerst even had gekeken of er geen gaatjes of kreukels in zijn handschoenen zaten, scrolde hij door de rest van de namen in de palmtop.

Two Moons zei: 'Veel te veel te zien. Dit wordt er weer

zo een. Laten we het boeltje maar inpakken en later bekijken. Hoe staat het inmiddels met de butler?'

Sammy Reed was vierentwintig, tenger, zwart, en huilde nog steeds.

'Ik kan het nog steeds niet geloven, nog steeds niet.'
Hij vroeg of hij even uit mocht stappen om zijn benen te strekken en de rechercheurs zeiden: 'Uiteraard.' Reed droeg een veel te grote tweed visgraatjas met een zwarte bontkraag die er als tweedehands uitzag. Zwarte spijkerbroek, zwarte Doc Martens, diamanten oorknopje in zijn rechteroor. Terwijl hij zijn armen en benen strekte, namen ze hem op.

Eén meter zeventig op zijn Docs, hooguit een kilo of vijfenvijftig.

Terug in de wagen schoven Katz en Two Moons aan weerszijden naast hem op de achterbank. De verwarming sloeg met tussenpozen aan, en de temperatuur schommelde tussen kil en draaglijk. Reed snotterde en zei echt niet te weten met wie 'Larry' zo laat nog een afspraak had gehad. Olafson besprak geen zaken met hem. Zijn taken als butler bestonden uit het schoon- en op orde houden van het landhuis, koken van lichte maaltijden, bijhouden van de vijver en het zwembad, en zorgen voor Larry's barzoi.

'Haar hart zal breken,' zei hij. 'Ze zal kapot zijn.' En als om zijn woorden extra kracht bij te zetten barstte Reed weer in tranen uit.

Darrel stak hem een zakdoekje toe. 'De hond.'

'Anastasia. Ze is zes. Barzois worden niet zo oud. En nu Larry dood is... Zei ik dat? Dood. Mijn god!'

'Enig idee wie dit heeft gedaan?'

'Nee,' antwoordde Reed. 'Geen flauw idee. Larry was een geliefd man.'

'Populair zeker?'

'Meer dan populair. Geliefd.'

'Maar toch,' zei Katz, 'soms kom je lastige mensen tegen.'

'Als dat zo was, dan weet ik daar niets van.'

'Besprak hij geen zakelijke details met u?'

'Nee,' antwoordde Reed. 'Zo lagen de verhoudingen niet.'

'Wie werkt er in de galerie?'

'Alleen Larry en een assistente. Larry wilde zijn galeries efficiënter maken.'

'Financiële problemen?'

'Nee, natuurlijk niet.' Reed hapte naar adem. 'Voorzover ik weet niet tenminste, en Larry leek zich in ieder geval nergens zorgen om te maken. Eerder het tegenovergestelde. Hij had het erover dat hij grond bij wilde kopen. Dus volgens mij ging het wel goed.'

'Waar wilde hij die grond kopen?'

Reed schudde zijn hoofd.

Darrel vroeg: 'Hoe heet die assistente?'

'Summer Riley.'

Katz herkende de naam uit de palmtop. 'Waar woont ze?'

'In het gastenverblijf hierachter.'

De rechercheurs reageerden niet. Ze vroegen zich allebei af wat ze achter de deur van het gastenverblijf zouden aantreffen.

Darrel vroeg: 'Werd Larry bedreigd, voorzover u weet?'

Reed schudde zijn hoofd.

'Afgebroken telefoontjes, rare brieven, dat soort dingen?'

Driemaal hoofdschudden als antwoord.

'Niets vreemds?' vroeg Katz. 'Met name in de afgelopen weken?'

'Nee, niets,' hield Reed vol. 'Larry's leven was sereen.'

'Sereen,' herhaalde Two Moons.

'In vergelijking met zijn leven in New York, bedoel ik,' zei Reed. 'Hij was dol op Santa Fe. Hij heeft me een keer verteld dat hij oorspronkelijk van plan was om hier maar een paar maanden te blijven, maar hij ging zo van de stad houden dat hij besloot zich hier permanent te vestigen. Hij had het er zelfs over dat hij een van de twee galeries in New York wilde sluiten.'

'Welke?' vroeg Katz.

'Pardon?'

'Hij had er toch twee, nietwaar?'

'Ja,' antwoordde Reed. 'Die in Chelsea.'

'West 21st. Moderne kunst,' zei Katz.

Reeds ogen werden groot van verbazing. 'Bent u er geweest?'

'Ik woonde vroeger in New York. Dus meneer Olafson had plannen om in te krimpen.'

'Ik weet het niet zeker, maar hij heeft het er wel eens over gehad.'

'Wanneer?'

'Eh... een maand geleden ongeveer.'

'In welke context?' vroeg Katz.

'Context?'

'Jullie bespraken toch eigenlijk geen zaken?'

'O,' zei Reed. 'Nou ja, dit ging niet over zaken. Het was meer... Larry was in een goed humeur. Ik weet niet... spraakzaam... hij zat te mijmeren over zijn leven. We zaten op de loggia. 's Avonds. U weet wel, toen we een paar van die warme dagen hadden.'

'Ja, een maandje geleden,' zei Two Moons. *Gemeten naar winteruren eerder een eeuw geleden.*

'Waar was ik gebleven?' vroeg Reed.

'De loggia,' zette Katz hem weer op het spoor.

'O ja,' zei Reed. 'De loggia. Larry zat op het eten te wachten. Hij dronk wijn. Ik had heilbot in olijfsaus gemaakt en pasta met pistachenoten. Toen ik het eten naar de tafel bracht, vroeg Larry of ik bij hem aan tafel kwam zitten. We hadden een lange dag achter de rug. Anastasia had last van haar darmen. Larry en ik hadden het wel verdiend om even rustig te zitten. Dus ik ging zitten en hij schonk een glas wijn voor me in en toen hebben we zitten kletsen.' Reed zuchtte.

'Het was een heel heldere nacht, vol sterren. Larry zei dat hij zich hier spiritueler voelde dan ooit in het oosten het geval was geweest.' De onderlip van de jongeman trilde. 'En nu dit. Ik kan nog steeds niet geloven...'

'Een galerie sluiten,' zei Katz. 'Wat zou dat voor gevolgen hebben gehad voor de kunstenaars die hij vertegenwoordigde?'

Reed probeerde zijn schouders op te halen. Maar aangezien hij als broodbeleg tussen de twee rechercheurs ingeklemd zat, was zijn bewegingsvrijheid daar te beperkt voor. 'Ik neem aan dat ze wel een andere tussenpersoon genomen zouden hebben.'

'Behalve degenen die dat niet konden,' zei Katz. 'Zo gaat het toch in het kunstwereldje, nietwaar? De ene kunstenaar is een tien, de ander een zes min. Ik neem aan dat er een aantal zonder bemiddelaar zou hebben gezeten.'

Reed staarde hem aan. 'Dat zal wel, ja.'

'Bent u kunstenaar?'

'Nee, nee hoor. Ik krijg nog geen streep op papier. Ik ben kok. Ik ben opgeleid tot chef-kok aan het CIA, het Culinaire Instituut, in de Hudson Valley, maar uiteindelijk ben ik gewoon kok geworden. Om eerlijk te zijn was ik gewoon keukenslaafje voor een minimuminkomen bij tenten als Le Bernardin en zo. Dus toen Larry me een baan aanbood in Santa Fe, heb ik die kans meteen met beide handen aangegrepen.'

'Hoe heeft de heer Olafson u gevonden?'

'Ik was aan het bijklussen voor een topcateringbedrijf, maar ik zou jullie verhalen kunnen vertellen... Hoe dan ook, Larry had een zondagbrunch georganiseerd in de galerie. Ik geloof dat ik wel in de smaak viel bij de gasten. En ik geloof dat de gerookte ananas en de Cubaans gekruide gamba's ook niet verkeerd waren.' Een klein lachje. 'Hij zei dat hij de manier waarop ik mezelf presenteerde wel kon waarderen.'

'Hoe lang hebt u voor hem gewerkt?'

'Drie maanden.'

'Naar uw zin?'

'Hemels.' Reed barstte in tranen uit en hapte tussendoor net lang genoeg naar adem om om een nieuw zakdoekje te vragen.

Het daaropvolgende halfuur van de ondervraging leverde niets op. Reed ontkende een intieme relatie met zijn baas te hebben gehad, maar dat deed hij niet erg overtuigend. Katz ving de alwetende blik van Two Moons op over het hoofd van de jongen.

We moeten hem even door het systeem halen voor we hem naar huis sturen.

Maar geen van beiden had het idee dat het veel op zou leveren. Toen het onderzoek niets anders boven tafel bracht dan een boete voor te snel rijden op Highway 25 net buiten Albuquerque twee maanden geleden, verbaasde dat niemand. Reed had het postuur van een jongetje, en de enige manier waarop hij Olafson vanaf gelijke hoogte op zijn achterhoofd had kunnen slaan, was als hij op een ladder had gestaan.

Om nog maar niet te spreken van het zwaaien met een zwaar, afgerond voorwerp.

Het werd tijd om dáárnaar op zoek te gaan.

Het zoveelste doodlopende spoor vermoedelijk.

Katz en Two Moons bleven nog anderhalf uur in de buurt om de grenzen van het kordon en de plaatsen van de bouwlampen voor de zoektocht aan te geven, samen met drie extra agenten en twee mensen van de technische dienst. Een flink deel van Santa Fe's politiemacht was aanwezig. Voor alle mensen in uniform was dit hun eerste moord, en niemand wilde fouten maken.

Ze braken het slot van de voordeur van het gastenverblijf open. Geen lijk daarbinnen, alleen een rommelig eenpersoonsappartement. Privé-spulletjes van Summer Riley, wat marihuana en een joint in een laatje van een nachtkastje, een ezel en verfdoos in de keuken, een paar bijzonder slechte olieverfschilderijen van vaag geportretteerde, vervormde, lelijke vrouwen op de grond tegen de muren. Op haar bed lag een stapel vuile was.

Two Moons vond Summer Rileys mobiele nummer in Olafsons palmtop, belde en werd doorgeschakeld naar haar voicemail. Gevoelig als hij was, liet hij een bericht voor haar achter dat ze naar huis moest komen omdat haar werkgever dood was.

Het was Katz die het moordwapen vond, onder een overhangende jeneverbesstruik, vlak naast het paadje naar het gastenverblijf.

Geen poging het ding te verbergen. Het was naar een lager gelegen plek in de tuin gerold.

Een grote chromen rondgeklopte hamer, met het formaat van een motor van een motorfiets, licht gekleurd met roze vlekken; de vage aankleving die dr. Ruiz had voorspeld. Wat hersenweefsel op de hamerpin. Exact het brede, ronde oppervlak zoals Ruiz dat had omschreven.

Drie mannen van de technische dienst ploeterden om de hamer te registreren en in een bewijszak te krijgen. Het gigantische, onhandelbare ding moest tegen de dertig kilo wegen. En dat duidde op een bijzonder sterke dader, zelfs als het er een met een enorme adrenalinekick was.

'Gedood door kunst,' zei Darrel. 'Was er niet ooit een of andere schilder die zei dat hij een schilderij wilde maken waarvan je ter plekke dood neer zou vallen?'

'Nooit van gehoord,' zei Katz.

'Ik heb het op school geleerd. Die vent had een vreemde naam... Man Nogwat.'

'Man Ray?'

'Die was het.'

'Heb jij kunstwetenschappen gestudeerd?' vroeg Katz.

30

'Kunstgeschiedenis,' antwoordde Darrel. 'Op de universiteit. Omdat het een makkelijk vak was.'

'Iets van opgestoken?'

'Dat ik net zoveel van mooie dingen hield als iedereen, maar dat het totale onzin was om het serieus te bestuderen.'

'Het is net als met de rest,' zei Katz. 'God geeft ons mooie dingen en wij doen er alles aan om het ingewikkeld te maken.'

Darrel keek hem van opzij aan. 'Ben je ineens gelovig geworden?'

'Het was als... beeldspraak bedoeld.'

'Aha,' zei Two Moons. 'Nou, de grote beeldspraak van vandaag is: wie was de nagel aan Olafsons doodskist? Enig idee?'

'Laten we dit huis eerst maar eens even aan een onderzoek onderwerpen,' zei Katz. 'Telefoonverkeer opvragen, Summer Riley opsporen en erachter komen wat zij weet, een babbeltje maken met de ex-vrouw in New York, of wat haar status dan ook mag zijn, en meer te weten zien te komen over Olafsons zaken. Ook over dat gedoe met ForestHaven. Het zou wel eens interessant kunnen zijn om te zien wat de boeren die hij voor de rechter heeft gedaagd te zeggen hebben.'

'Klinkt als een uitgebreid plan, Steve.'

Ze beenden naar de auto.

Darrel zei: 'Zoals ik het zie, zoeken we op die manier naar vijanden op alle juiste plekken. Iets in mij zegt dat we het heel erg druk zullen krijgen.'

Precies op het moment dat ze weg wilden rijden, zei een van de agenten: 'Kijk eens wie we daar hebben.'

Koplampen flitsten op maar kort daarna dimde de aankomende burgerwagen zijn lichten. Hoofdcommissaris Shirley Bacon stapte uit in een marineblauw broekpak onder een lange zwarte schapenwollen jas, haren opgestoken en stevig

31

in de lak, en meer make-up op haar gezicht dan ze in werktijd ooit droeg.

Het was een gedrongen vrouw met een openhartig gezicht, een achtenveertigjarige voormalig lerares, dochter van een districtssheriff, zus van een rijksagent, nog een sheriff, en van een reclasseringsambtenaar. Ze was begonnen als violiste, gaf daarbij muziekles en werkte als secretaresse bij de opera in hoop op betere tijden. Een gebroken hand op haar vijfendertigste had ervoor gezorgd dat ze als secretaresse bij de politie terechtkwam. Van het één kwam het ander en zo kwam ze in dienst van het SFPD.

Ze had snel carrière gemaakt door slim en vakkundig te werk te gaan, en vorig jaar was ze tot hoofdcommissaris gepromoveerd. Ze behandelde haar medewerkers met respect, regelde dat burgerwagens ook in privé-tijd gebruikt mochten worden tot een maximale radius van vijfennegentig kilometer, en drukte er salarisverhogingen door in een tijd dat verder iedereen in moest leveren. Niemand misgunde haar iets, niemand had problemen met het feit dat ze een vrouw was.

Ze kwam rechtstreeks op hen afgelopen.

'Darrel, Steve.'

'Belangrijk avondje uit, baas?' vroeg Katz.

'Een geldinzameling voor de stichting Indiaanse Kunst in het huis van dokter en mevrouw Haskell, iets verderop aan Circle Drive. Wat is hier aan de hand?'

Ze vertelden het haar. Ze trok een gezicht en zei: 'Dit kan nog alle kanten op gaan. Laat mij dit maar afhandelen met de pers. Houd me op de hoogte.'

Een paar tellen later verscheen plaatsvervangend hoofdcommissaris Lon Maguire in zijn pick-up, en vlak daarna voegde inspecteur Almodovar zich bij het ploegje.

Geen suggesties van de bazen. Maar ook geen bezorgdheid of kritiek. Gedurende de drie jaar dat Katz nu bij het SFPD zat, was hij onder de indruk geraakt van het ontbreken van enige vorm van roddel en achterklap en ingehouden woede. Al die geweldige dingen waar hij in New York dagelijks mee te maken had gehad. Maar aan de andere kant kampte het NYPD dagelijks met meer moorden dan hij hier in drie jaar bij elkaar gezien had.

Commissaris Bacon stak simpelweg een hand op voor ze vertrok.

'Terug naar het feest, baas?' vroeg Katz.

'Jezus nee, ik vind dat ik mijn best wel weer heb gedaan voor vandaag.' En terwijl ze wegliep, riep ze nog: 'Maar geef me volgende keer alsjeblieft een wat eenvoudiger reden om me te excuseren!'

Om zeven minuten voor drie, bijna een uur na de officiële eindtijd van hun dienst, op het moment dat ze weer naar Olafsons huis wilden gaan, zagen ze buiten de afzetting, aan het andere eind, een knap uitziend paar met agent Randolph Loring praten.

Ze liepen erheen en Loring zei: 'Dit is mevrouw Riley. Ze woont hierachter.'

Summer Riley was een vrouw met ravenzwarte haren, een ivoorkleurige huid en een weelderig lichaam dat zelfs niet verhuld werd door het dikke ski-jack. De blik in haar grote blauwe ogen was angstig als die van een in het nauw gedreven konijn. Katz schatte haar achter in de twintig.

De in jeans gestoken man aan haar zijde was donker, lang en knap op een Latinoachtige manier. Donker krullend haar dat over zijn schouders viel en een bleek, scherp getekend gezicht. Net zo verschrikt.

Katz dacht: Het lijkt wel een Calvin Klein reclame. Met inbegrip van de angst. Voorál die angst.

Summer Riley had het bericht van Two Moons niet beluisterd. Ze kwam net terug van een afspraakje. Darrel vertelde het haar op dezelfde onverbloemde manier als op haar voicemail, en ze stortte zich in de armen van de jongeman.

Hij hield haar met een ongemakkelijke blik vast en streek over haar haren met de bezieling van een robot.

Kyle Morales was zijn naam en hij studeerde moderne dans aan UNM en werkte parttime in de flamencoshow in het Radisson Hotel. Hij was met verlof tot volgend voorjaar.

Katz had de show gezien, op een plek achter in de zaal met die ene Tanqueray-tonic die hij zichzelf toestond. Een beetje afzijdig van de rest van het publiek waarvan de gemiddelde leeftijd rond de vijfenzestig had gelegen.

De show had hem aangenaam verrast: goede dansers, goede gitaarmuziek. Hij zei het tegen Kyle Morales.

Morales antwoordde: 'Bedankt,' zonder enige emotie.

Toen Katz vroeg: 'Kunnen we jullie even apart spreken?' stemde Morales zonder omhaal in.

Darrel leidde Summer Riley door de afzetting naar het gastenverblijf, terwijl Katz op dezelfde plek achterbleef met Morales.

Het was de tweede keer dat Morales uit was geweest met Summer. Hij had haar ontmoet in een bar aan San Fransisco Street en had haar 'cool' gevonden. Hij had geen flauw idee wie Lawrence Olafson was en wist minder dan niets van kunst.

'Jullie tweede afspraakje dus,' zei Katz.

'De eerste keer zijn we alleen maar iets gaan drinken,' zei Morales.

'En vanavond?'

'We zijn naar een komedie geweest in het DeVargas Center.'

'Leuk?' vroeg Katz.

'Ja hoor,' antwoordde Morales, zonder zelfs maar een poging te doen de schijn op te houden. Een danser, geen acteur.

'En daarna?'

'Daarna zijn we ergens pizza gaan eten. En toen hierheen.'

'Eerste keer bij haar thuis?'

'Dat was de bedoeling, ja.' Het kwam er spijtig uit.

Jammer voor je, jongen, dacht Katz. Alle kans op een wip verpest door een moord die zo nodig roet in het eten moest gooien.

Hij ondervroeg Morales nog een tijdje langer en concludeerde dat de man niet bepaald slim was. Gewoon een geval van de verkeerde plek op het verkeerde moment.

'Goed, u kunt gaan.'

Morales zei: 'Ik had eigenlijk zo gedacht dat ik straks nog naar haar toe kon gaan als jullie met haar klaar waren.'

'U kunt de gok nemen en wachten,' zei Katz, frummelend aan het afzetlint, 'maar uit ervaring kan ik zeggen, vriend, dat het dan een lange, koude nacht wordt.'

Uiteindelijk besloot Morales eieren voor zijn geld te kiezen. Katz voegde zich bij Two Moons en Summer Riley in de eenkamerwoning. Aanvullend op de wanorde die er al heerste, lag er nu ook nog een laag aluminiumsulfaatpoeder. Het meisje droogde haar tranen. Het was moeilijk te zeggen of die tranen het gevolg waren van de situatie of van Darrels gevoelige aanpak, of misschien wel van allebei.

Darrel zei: 'Mevrouw Riley kent niemand die de heer Olafson kwaad zou willen doen.'

'Hij was gewéldig,' snikte Summer.

Darrel reageerde niet, en het meisje zei: 'Zoals ik net al zei, u zult echt moeten controleren of er kunstwerken verdwenen zijn.'

'Roof,' zei Darrel met vlakke stem.

'Het zou kunnen,' zei Summer. 'Larry is tenslotte de belangrijkste kunsthandelaar van Santa Fe, en er hangen een aantal behoorlijk dure schilderijen in zijn galerie.'

'O'Keeffe?'

'Nee, op dit moment niet,' zei Summer afwerend. 'Maar we hebben er in het verleden wel een paar verkocht.'

'Wat is op dit moment het duurste?'

'We hebben een schitterende indiaanse Henry Sharp en een paar Berninghausen en een Thomas Hill. Dat zegt u misschien niets, maar dat zijn waardevolle werken.'

'Sharp en Berninghaus waren tao-meesters,' zei Katz. 'Ik wist niet dat Hill New Mexico-taferelen schilderde.'

Summers hoofd klapte achterover, alsof hij haar letterlijk een slag toebracht met zijn kennis. 'Dat is ook niet zo. Het is een Californisch landschap.'

'Aha.'

'Het zijn kostbare schilderijen. Stuk voor stuk met zescijferige bedragen.'

'En die had hij gewoon in de galerie?' vroeg Katz.

'Behalve de stukken die hij mee naar huis neemt,' zei Summer, antwoordend in de tegenwoordige tijd.

'Voor persoonlijk gebruik. Zijn ziel en zaligheid ligt in kunst, en het is ook handig om aan bezoek te kunnen laten zien.'

'Als voorproefje,' zei Katz.

De jonge vrouw keek hem aan alsof hij haar een oneerbaar voorstel had gedaan.

Darrel zei: 'Waar in de galerie worden deze meesterwerken bewaard?'

'Bij alle andere schilderijen,' zei Summer. 'In de opslagruimte. Het is beveiligd met een speciaal slot en een alarm, en alleen Larry heeft de code.'

'Bedoelt u de ruimte aan de achterkant?' vroeg Two Moons. 'Die ene kamer met al die verticale rekken?'

Summer knikte.

De rechercheurs waren die kamer gewoon binnengelopen. De deur stond open. Katz bedacht zich dat hij het slot niet eens gezien had. 'Waar zouden we een inventarislijst kunnen vinden?'

'Op Larry's computer,' antwoordde Summer. 'En ik heb een handgeschreven lijst als reservedossier. Ik ben heel secuur. Daarom is Larry zo gelukkig met me.'

De staat van haar kamer deed anders vermoeden, maar je kon nooit weten.

Toen bedacht Katz dat ze niet eens de moeite had genomen om op te ruimen voordat ze Kyle Morales mee naar huis nam. Dus misschien had hij andere plannen gehad dan zij.

Hij vroeg haar naar de danser. Haar verhaal kwam tot in alle details overeen met dat van hem.

Katz zei: 'Dus u en Kyle waren onderweg hierheen.'

Summer antwoordde: 'Hij bracht me naar huis.' Ze gooide een lok haar over haar schouder en bloosde. 'Meer niet. Ik was niet van plan nog een keer met hem af te spreken.'

'Vervelende avond?'

'Saai. Hij is niet de slimste.'

Een bitse klank in haar stem. Dit kon nog wel eens een lastige tante blijken.

'De kunstenaar die die hamer heeft gemaakt, Miles D'Angelo,' vroeg Katz, 'wat kunt u ons over hem vertellen?'

'Miles? Die is drieëntachtig en woont in Toscane.'

'Was de heer Olafson met hem in een conflict verwikkeld?'

'Met Miles?' Summer grijnsde. 'Dat is de aardigste man die je je kunt bedenken. Hij was dol op Larry.'

Two Moons zei: 'We zullen uw inventarislijst moeten bekijken.'

'Geen probleem,' zei Summer. 'Hij ligt in de galerie. In Larry's bureau.'

De rechercheurs hadden niets zien liggen wat daarop leek.

Ze keerden terug naar Olafson Southwest, waar het meisje naar een lade wees. Darrel trok een handschoen aan en opende de lade.

Allerlei papieren, maar geen inventarislijst.

'Hij ligt er niet,' zei Summer Riley. 'Hij hoort hier te liggen.'

3

Om tien over drie zat Katz achter het stuur van de Crown Victoria, met Two Moons zwijgend naast hem op de passagiersstoel. Ze reden in noordelijke richting over Bishop's Lodge Road naar Tesuque, een vlakke, door bomen omzoomde gemeente met een vreemde mix van paardenranches, woonwagens en een aantal leuk uitziende huizen van diverse grootte in de heuvels aan de rand van het stadje. De bewoners waren filmsterren, mensen uit het financiële wereldje die de afwezige grootgrondbezitter speelden, kunstenaars en beeldhouwers en paardenlui, en de Latijns-Amerikaanse en indiaanse fabrieksarbeiders die Tesuque van oorsprong hadden bevolkt. En dan had je nog de paar extreem bizarre eenzame types die af en toe Tesuque Market binnenslopen om biologische groenten en bier in te slaan om vervolgens weer wekenlang te verdwijnen.

Het was precies het soort mengelmoes dat Katz explosief toe had geschenen, maar net als in de rest van Santa Fe was de sfeer in Tesuque juist erg gemoedelijk.

De hemel was volgepakt met helderwit stralende sterren en de lucht geurde naar jeneverbes, pijnboom en paardenmest. Lawrence Olafsons woning lag aan een smal zandpad ver buiten het stadje, aan de afgelegen, hooggelegen kant van het Los Caminitos-gebied, een chique gemeenschap met grote, natuurstenen droomhuizen op kavels van twee tot zes hectare groot.

Vanaf het Plaza was er al geen straatverlichting meer, en hierbuiten was de duisternis als een dikke, tastbare brij. Zelfs met groot licht was het huis gemakkelijk over het hoofd te zien: onopvallende koperen cijfers op één enkele stenen pilaar. Katz reed eraan voorbij, reed achteruit, en zette de rit verder over de glooiende oprit die slibberig was van het opgevroren water. Honderdvijftig meter zandweg strekte zich uit tussen een met sneeuwtoppen bedekte haag van pijnbomen. Geen enkel teken van het huis tot aan de derde bocht, maar áls je het eenmaal zag viel het niet te missen. Drie verdiepingen vol afgeronde hoeken, vreemdsoortige muren, en dat wat eruitzag als een half dozijn balkons en nog eens eenzelfde hoeveelheid overdekte loggia's. Bleek en monumentaal tegen een achtergrond van een berg, subtiel verlicht door de maan en de sterren en zwakke lichtflitsen, stond het huis daar omgeven door een zee van inheemse grassoorten en bolvormige cactussen, dwergsparren en in de wind trillende bladloze espen.

Ondanks zijn omvang vloeide het huis naadloos over in de omgeving, opstijgend uit zand en rots en struikgewas als ware het een natuurlijke formatie.

De surveillancewagen van agente Debbie Santana stond voor de vierdeurs garage die tevens de onderste verdieping van het huis vormde. De auto stond dwars geparkeerd, daarmee tweeënhalve garagedeur blokkerend. Katz parkeerde zijn auto een paar meter verderop, en hij en Two Moons stapten uit op krakend grind.

Een klim van twintig stenen treden bracht ze langs een golf van struiken naar massieve openslaande deuren die uit oeroud hout gehouwen leken. Een sierlijst van spijkerkoppen, beslag van met hand bewerkt ijzer. Boven de deuropening een uitgesneden houten plank: HAVEN.

Darrel duwde tegen de deur, en ze stapten een hal binnen die groter was dan Katz' hele appartement. Flagstone vloeren, zesenhalve meter hoge plafonds, een moderne glazen kroonluchter waarvan hij vermoedde dat het een Chihuly was, perzikkleurige, met diamantpleisterwerk gestuukte muren, schitterende kunst, schitterende meubels.

Achter de entree lag een verlaagde kamer met een nog hoger plafond en muren die voornamelijk uit glas bestonden. Agente Santana zat op een tapestry bank naast Sammy Reed. Reed was niet langer huilerig, maar als verdoofd. Darrel zei: 'Mooie tent. Kom, we zetten 'm op zijn kop.'

De daaropvolgende drie uur brachten ze door met het onderzoeken van 550 vierkante meter. Waarbij ze van alles ontdekten over Olafson, maar niets over de moord.

Een Jaguar, groen en glanzend gestroomlijnd, stond in de garage geparkeerd, samen met een oude witte Austin Healey en een rode Alfa Romeo GTV. Olafsons Land Rover was al getraceerd op de oprit van de galerie.

Ze doorzochten kasten vol dure kleding, voornamelijk van New Yorkse makelij. Bankafschriften en effectenrekeningen toonden aan dat Olafson meer dan solvabel was. Homo- en heteroporno lagen keurig weggeborgen in een afgesloten lade in de televisiekamer. Veel boekenplanken in de werkkamer met leren wanden, maar weinig boeken; voornamelijk koffietafelexemplaren over kunst en interieur, en biografieën van vorsten. De barzoi, kolossaal en wolwit, sliep overal doorheen.

Overal hing kunst, te veel om gedurende een enkel bezoek in je op te kunnen nemen, maar er was één specifiek schilderij in de woonkamer dat Katz' aandacht trok: twee naakte kinderen, dansend rond een meiboom. De pastelkleuren suggereerden een zwoele zomer. De kinderen waren rond de drie en vijf, met donzig blond haar, gedeukte billetjes en engelachtige gezichtjes. Met dit suikerzoete thema had het posterachtige kunst kunnen worden, maar de kunstenaar was vaardig genoeg geweest om het geheel daarboven uit te tillen. Katz besloot dat hij het werk mooi vond en keek wie het gesigneerd had. Ene Michael Weems.

Two Moons zei: 'Denk je dat we op zoek moeten naar kinderporno?'

Die vraag verbaasde Katz, schokte hem zelfs enigszins. Hij onderzocht het gezicht van zijn partner op een ironische blik.

'De schoonheid der vrijster ligt in 's vrijers oog,' zei Two Moons en hij stapte af op Olafsons computer.

De pc sprong aan, maar tijdens het opstarten werd om een wachtwoord gevraagd en daar begonnen de rechercheurs maar niet aan.

Bobby Boatwright, een collega van de afdeling Zedenmisdrijven die de dienst van twee tot halfnegen had, was minstens net zo goed met computers als de officiële techneuten. Hij moest er maar even naar kijken voordat dit ding naar het forensisch laboratorium aan Highway 14 ging. Ze ontkoppelden de pc en brachten hem met de printer naar de hal. Toen liepen ze weer terug naar de privé-wereld van Lawrence Olafson.

Onder het hemelbed in de vorstelijke slaapkamer vonden ze een bewerkt leren plakboek. Het zat vol artikelen over Olafson.

'Wat krijgen we nu?' vroeg Darrel. 'Suste hij zichzelf hiermee in slaap?'

Ze bladerden door het album. Het waren voornamelijk vleiende stukken uit kunsttijdschriften waarin de jongste bieding, aankoop of meest recente verkoop besproken werd. Maar er zaten ook negatieve verhalen bij: geruchten over slecht verlopen deals, vraagtekens over authenticiteit. Waarom Olafson deze artikelen had bewaard begrepen ze niet helemaal.

Onder het album lag er nog een: kleiner, gewikkeld in goedkope grasgroene stof. Dat plakboek bevatte knipsels over ForestHaven, waaronder ook het artikel van de *News-Press* over de kleine boeren die door de groep aangeklaagd werden.

Bart Skaggs, achtenzestig, en zijn vrouw Emma, vierenzestig, waren met name aangevallen omdat ze ploeterden om hun hoofd boven water te houden bij het grootbrengen van een vijfhonderdkoppige kudde runderen tot marktgewicht, daarbij hun staatsrechtelijke graasrechten in Carson Forest gebruikend als onderpand voor leningen bij de bank ten behoeve van voer, kalveren en materiaal. Ieder jaar opnieuw slokte de rente 31.000 van hun 78.000 dollar grote bruto inkomen op, maar tot aan het moment dat ForestHaven het echtpaar Skaggs voor het gerecht daagde wegens overtreding van de wet op bedreigde diersoorten, hadden ze het altijd weten te redden. In het geding beweerde ForestHaven dat de schade die de kudde van het echtpaar Skaggs aanbracht, het bestaan van inheemse knaagdieren, reptielen, vossen, wolven en elanden bedreigde. De rechter was het met ze eens en verordonneerde het echtpaar de kudde terug te brengen tot vierhonderdtwintig runderen. Na een volgend geding werd dat aantal nog eens verder teruggebracht tot tweehonderdtachtig. Het feit dat ze nu een halve kudde op privé-grondgebied moesten laten grazen tegen tienvoudige kosten, stortte Bart en Emma Skaggs in de rode cijfers. Ze stopten met hun bedrijf, gingen met pensioen, en leefden nu van een uitkering van duizend dollar per maand.

'Mijn familie heeft dit land sinds 1834 bewerkt,' vertelt Bart Skaggs. 'We hebben alle mogelijke natuurrampen doorstaan, maar tegen die gekke radicale milieuactivisten waren we niet opgewassen.'

Emma Skaggs werd omschreven als 'emotioneel niet in staat om te reageren'.

Gevraagd naar zijn reactie op het verlies van het echtpaar, was de reactie van het bestuurslid van ForestHaven en de voornaamste aanklager allesbehalve berouwvol: 'Het land wordt bedreigd en de belangen van het land wegen zwaarder dan persoonlijke zelfzuchtige behoeften,' zo zegt Lawrence Olafson, een bekende galeriehouder met galeries in Santa Fe en New York. 'Men kan geen eieren eten zonder ze te pellen.'

Olafson had zijn eigen uitspraken gearceerd met een gele markeerstift.

'Trots op zichzelf,' zei Darrel.

'De belangen van het land...' zei Katz.

Ze registreerden het boek als bewijs en namen het mee.

'Gepelde eieren,' zei Two Moons toen ze het huis verlieten. 'Met zijn ingeslagen kop.'

Katz trok zijn wenkbrauwen op. Zijn partner wist het wel te brengen.

Ze laadden de computer en bijbehorende attributen in de kofferbak, en Katz liet de motor vast warmdraaien.

'Die vent had mooie spulletjes in zijn huis,' zei Two Moons, 'maar er ontbreekt iets.'

'Foto's van zijn kinderen,' antwoordde Katz.

'Juist. Goed, van de ex-vrouw snap ik het, maar van de kinderen? Geen enkele foto. Dus misschien moesten ze hem niet. Doc zei dat het misdrijf getuigt van extreem veel woede, en ik was het helemaal met hem eens. En waar vinden we grotere razernij dan in familietwisten?'

Katz knikte. 'We zullen in ieder geval de kinderen moeten opsporen. En met de ex moeten praten. Doen we dat vóór- of nádat we Bart en Emma Skaggs gevonden hebben?'

'Erna,' antwoordde Darrel. 'En morgen. Die twee zijn flink besodemieterd. Ik heb geen zin om ze,' hij wierp een blik op zijn horloge, 'om kwart over vier wakker te maken. En onze dienst zit er eigenlijk al een tijdje op, makker.'

4

Katz reed zo hard als de donkere kronkelweggetjes toestonden, en om kwart voor vijf waren ze terug op het hoofdbureau in Camino Entrada.

Nadat ze Olafsons computer als bewijsstuk hadden afgegeven, deden ze vast wat papierwerk voor deze zaak, spraken af om elkaar om negen uur voor het ontbijt te treffen bij Denny's restaurant vlak bij het bureau, en gingen toen naar huis. Two Moons nam de Crown Vic omdat het deze maand zijn beurt was om de auto mee naar huis te nemen, en Katz moest het doen met zijn armoedige kleine Toyota Camry. Maar gezien de staat van zijn sociale leven was een beter vervoermiddel niet nodig.

Darrel Two Moons reed naar zijn huis in het South Capital District, trok zijn schoenen bij de deur uit, en bood het hoofd aan de kou die door zijn voeten trok toen hij de deur van het slot draaide en de woonkamer binnenstapte. Een prettige kamer; hij vond het elke keer weer heerlijk om thuis te komen. Om de in Mexicaanse stijl gemetselde open haard te zien en de oude gedraaide houten pilaren tot aan het gewelfde plafond. Authentiek oud hout met de kleur van melasse. Niet van die namaakantieke blokken die hij in Olafsons villa had gezien.

Maar wie liep hij hier nu eigenlijk voor de gek te houden? Olafsons huis was waanzinnig.

Hij trok zijn jas uit, pakte een halveliterfles ongezoete ijsthee met frambozensmaak uit de koelkast en ging daarmee aan de keukentafel zitten.

Via de toog keek hij de woonkamer in. Foto's van Kristin, de meisjes en hemzelf die ze voor de kerstdagen van vorig jaar hadden laten maken bij de Photo Inn in het DeVargas Center.

Bijna exact een jaar geleden; de meiden waren flink gegroeid sinds die tijd.

Zijn kasteel.

Juist.

Hij was dol op zijn huis, maar vanavond, na de langeafstandswandeling door Olafsons bezit, zag deze woning er klein uit, meelijwekkend zelfs.

Een aankoop van honderdtachtig ruggen. En dat was achteraf een koopje gebleken omdat South Capital in de lift zat.

44

Een gewone politieman die in staat was naar de noordzijde te verhuizen met dank aan MetLife Insurance en het
testament van gepensioneerd sergeant van de artillerie Edward Two Moons geboren Montez, U.S. Army.

Bedankt, pa.

Zijn ogen begonnen te prikken en hij dronk zijn ijsthee
zo snel hij kon om daarmee zijn hersens te bevriezen.

Ondertussen was de woning waarschijnlijk rond de drie-
honderdduizend dollar waard. Een goede investering voor
iemand die het zich kon veroorloven om te verkopen en het
voor iets duurders in te ruilen.

Een vent als Olafson kon kleine huizen inwisselen als
speelkaarten.

Kon. Verleden tijd.

Two Moons haalde zich Olafsons ingeslagen schedel voor
de geest en tikte zichzelf op de vingers.

Wees blij met wat je hebt, sukkel.

Hij dronk zijn fles ijsthee leeg, had nog steeds dorst en
pakte een fles water, liep naar de zitkamer en ging daar met
zijn voeten omhoog zitten, diep inademend om te zien of hij
een vleugje van de geur van zeep en water op kon vangen
die Kristin tijdens haar wakkere uurtjes had achtergelaten.

Ze was echt dol op het huis, zei dat ze hier alles had wat
ze wilde en dat ze nooit wilde verhuizen.

Een vloeroppervlak van 138 vierkante meter op een kavel van 750 vierkante meter was genoeg om haar het gevoel
te geven dat ze op de troon zat. Dat zei veel over Kristin.

De kavel was inderdaad prettig, moest Darrel toegeven.
Ruimschoots genoeg speelruimte voor de meisjes in de achtertuin en voor Kristins groentetuintje en al die andere leuke dingen.

Hij had beloofd er een paar grindpaadjes aan te leggen en
was zijn belofte niet nagekomen. Binnenkort zou de grond
keihard opgevroren zijn en zou het klusje moeten wachten
tot het voorjaar.

Hoeveel d.l.'en zou hij tot die tijd nog onder ogen krijgen?

Hij keek op bij het geluid van zachte voetstappen.

'Hoi, schat,' zei Kristin, terwijl ze in haar slaperige ogen wreef. Haar rossig blonde haar zat in een staartje, een paar plukken waren losgeraakt. De ceintuur van haar roze badjas zat strak rond haar slanke taille gestrikt. 'Hoe laat is het?'

'Vijf uur.'

'O.' Ze liep naar hem toe en streek over zijn haren. Ze was half Iers, een kwart Schots, en voor de rest Minnesota Chippewa. Haar indiaanse afkomst was duidelijk te zien aan haar uitgesproken jukbeenderen en amandelvormige ogen. Ogen met de kleur van salie. Darrel had haar ontmoet tijdens een bezoek aan het Indiaans Museum. Ze werkte daar als stagiaire; administratief werk in ruil voor een schildercursus. Haar ogen hadden hem niet losgelaten en de rest van haar had ervoor gezorgd dat dat zo bleef.

'Een zaak?'

'Ja.' Darrel kwam overeind en knuffelde alle 152 centimeter Kristin. Hij moest vooroverbuigen om dat te kunnen doen. Als ze dansten kreeg hij soms pijn in zijn onderrug. Dat kon hem niets schelen.

'Wat voor zaak, schat?'

'Dat wil je niet weten.'

Kristins groene ogen stelden zich scherp. 'Als ik het niet wilde weten, zou ik er niet naar vragen.'

Hij trok haar op zijn schoot en vertelde het haar.

Ze zei: 'Heb je het aan Steve verteld?'

'Wat verteld?'

'Dat je een confrontatie hebt gehad met Olafson?'

'Dat staat er helemaal los van.'

Kristin zei niets.

'Wat nou?' zei hij. 'Dat was meer dan een jaar geleden.'

'Acht maanden,' zei ze.

'Weet je dat nog zo precies?'

'Ik weet dat het in april was, omdat we boodschappen aan het doen waren voor Pasen.'

'Acht maanden, een jaar, wat maakt het uit?'

'Je zult wel gelijk hebben, Darrel.'

'Ga je mee naar bed?'

Op het moment dat haar hoofd het kussen raakte, viel ze meteen weer in slaap, maar Two Moons lag wakker op zijn rug en dacht terug aan de 'confrontatie'.

Hij was bij het Indiaans Museum langsgegaan voor een expositie waar een paar van Kristins aquarellen tentoon waren gesteld. Schilderijen die ze in de voorafgaande zomer had gemaakt, zittend in de achtertuin. Bloemen en bomen, mooie zachte belichting. Two Moons vond het haar beste werk tot dan toe en had haar aangemoedigd zich aan te melden voor een wedstrijdtentoonstelling.

Toen dat haar was gelukt, zwol zijn hart van trots.

Hij was een keer of zes naar de expositie gaan kijken, meestal in zijn lunchpauze. Twee keer had hij Steve meegenomen. Steve had gezegd dat hij Kristins werk geweldig vond.

Tijdens zijn vijfde bezoek was Larry Olafson als een wervelwind met een ouder echtpaar binnengestormd. Het was een volledig in het zwart gekleed duo met identieke brilmonturen. Van die aanstellerige kunstminnende oostkusttypes. De drie waren met een rotgang langs het tentoongestelde werk gelopen, waarbij Olafson honend glimlachte als hij dacht dat er niemand naar hem keek.

En hij gaf sarcastisch commentaar tegen zijn o zo hippe vrienden.

Darrel had gezien hoe Olafson bij Kristins aquarellen aankwam en daar zei: 'Kijk, dit bedoel ik nu: vaag als afwaswater.'

Two Moons had het gevoel dat hij een klap tegen zijn borst kreeg.

Hij probeerde zichzelf tot kalmte te manen, maar op het moment dat Olafson en het echtpaar naar de uitgang liepen, sprong hij ineens voor hun neus en blokkeerde hij hun weg. Hij wist dat hij daar geen goed aan deed, maar hij had zichzelf niet in de hand.

Alsof er iets bezit van hem genomen had.

Olafsons grijns gleed van zijn gezicht. 'Pardon.'

'Die schilderijen van die tuin,' zei Darrel. 'Ik vind ze goed.'

Olafson streek met een hand over zijn witte baard. 'Aha, is dat zo?'

'Ja, inderdaad.'

'Wel, gefeliciteerd.'

Two Moons zei niets en verzette geen stap. Het in het zwart geklede stel deinsde achteruit.

Larry Olafson zei: 'Goed, als dit erudiete gesprek nu beëindigd is, zou u dan misschien zo vriendelijk willen zijn aan de kant te gaan?'

'Wat is er mis mee?' vroeg Two Moons. 'Waarom hebt u ze afgekraakt?'

'Ik heb ze niet afgekraakt.'

'Dat deed u wel. Ik hoorde wat u zei.'

'Ik heb mijn mobiele telefoon bij me,' zei de vrouw. 'Ik ga de politie bellen.'

Ze stak een hand in haar schoudertas.

Two Moons stapte opzij.

Olafson ging hem voorbij en mompelde: 'Barbaar.'

Darrel had zich wekenlang een idioot gevoeld. Zelfs nu nog voelde hij zich stom als hij eraan dacht.

Waarom had hij het Kristin verteld?

Omdat hij in een slecht humeur thuisgekomen was en de meisjes had genegeerd. Haar had genegeerd.

'Praat met me,' zei ze altijd tegen hem. 'Je moet leren praten.'

Dus had hij gepraat. En ze had gezegd: 'O, Darrel.'

'Ik heb iets stoms gedaan.'

Ze zuchtte. 'Schat, laat maar. Het doet er niet toe.' En toen had ze haar voorhoofd gefronst.

'Wat?'

'De schilderijen,' zei ze. 'Ze zijn inderdaad vaag.'

Hij merkte dat hij lag te tandenknarsen bij de herinnering en dwong zichzelf te ontspannen. Dus hij had het slachtoffer niet gemogen. Hij had vaker aan zaken gewerkt waarin dat gebeurde, vaak genoeg. Soms raakten mensen gewond, of erger, omdat ze slecht waren, of stom.

Hij had er niets over tegen Steve gezegd. Daar was destijds geen reden voor. Nog steeds niet.

Hij zou hard zijn best doen voor deze zaak. Om de een of andere reden voelde hij zich een stuk beter toen hij dat besloten had.

Sergeant van de artillerie Edward Montez was het prototype militair geweest, en Darrel, zijn enige kind, dat was opgegroeid op bases van North Carolina tot Californië, was erop voorbereid hem daarin op te volgen.

Op zijn zeventiende, toen ze in San Diego woonden en hij erachter kwam dat zijn vader naar Duitsland gezonden zou worden, kwam Darrel in opstand en meldde hij zich aan bij het dichtstbijzijnde registratiepunt van de marine. Binnen een paar dagen werd hem een plaats op de basis van Del Mar toegewezen.

Toen zijn moeder zijn koffers inpakte, huilde ze.

Zijn vader zei: 'Het is goed zo, Mabel.' Toen richtte hij zijn zwarte ogen op Darrel en zei: 'Ze zijn wat aan de extreme kant, maar het is in ieder geval onderdeel van het leger.'

Darrel zei: 'Ik denk dat ik het er wel naar mijn zin zal hebben.' En hij dacht: wat heb ik in godsnaam gedaan?

'We zullen zien. Zorg in ieder geval dat je er ook nog iets anders opsteekt dan alleen doden.'

'Zoals wat bijvoorbeeld?' Darrel streek over zijn pas geschoren hoofd. Het binnen tien seconden verliezen van zijn schouderlange haren en de aanblik van de restanten op de vloer van de herenkapper in Old Town bezorgden hem nog steeds de rillingen.

'Iets nuttigs,' zei zijn vader. 'Een vak. Tenzij je van plan bent de rest van je leven in de houding te blijven springen.'

Halverwege zijn diensttijd stierf zijn moeder. Mabel en Ed waren allebei kettingrokers, en Darrel had zich altijd zorgen gemaakt over longkanker. Maar het was een hartaanval geweest die haar het leven kostte. Amper vierenveertig jaar oud zat ze in de voorkamer van hun huis in een onderofficierswijk net buiten Hamburg naar het Rad van Fortuin te kijken via de kabeltelevisie van het Amerikaanse leger, toen haar hoofd naar voren viel en daarna nooit meer bewoog. Haar laatste woorden waren: 'Je moet een klinker kopen, sukkel.'

Darrel kreeg een week buitengewoon verlof van de marine, daarna keerde hij terug naar de basis in Oceanside. Hij was ondertussen onderkorporaal, een functie waarin hij infanteristen trainde en de reputatie had opgebouwd van een drilmeester met wie niet te spotten viel. De tranen die hij liet, liet hij achter gesloten deuren.

Zijn vader verliet het leger en ging in Tampa, Florida, wonen, waar hij leefde van zijn pensioen en depressief werd. Een halfjaar later belde hij Darrel om te zeggen dat hij ging verhuizen naar Santa Fe.

'Waarom Santa Fe?'

'Omdat we afstammen van de Santa Clara-indianen.'

'Nou en?' Darrel had in de loop der jaren wel eens iets gehoord over zijn afkomst. Als iets abstracts, iets uit een ver verleden. De weinige keren dat hij zijn ouders ernaar gevraagd had, hadden ze een diepe trek van hun Camel zonder filter genomen en geantwoord: 'Je mag er best trots op zijn, maar laat het je niet in de weg staan van andere zaken.'

En nu verhuisde zijn vader juist daarom naar New Mexico? Zijn vader die juist altijd een hekel aan de woestijn had gehad en vroeger, toen ze nog in Californië woonden, met geen stok naar Palm Springs te krijgen was.

'Hoe dan ook,' zei Ed Montez, 'het is tijd.'

'Voor wat?'

'Om bij te leren, Darrel. Als ik mijn hersens niet blijf gebruiken verschrompel ik straks als een mot en sterf ik af.'

De eerstvolgende keer dat Darrel zijn vader weer zag, was toen hij zijn tijd bij de marine uitgezeten had, tot de conclusie was gekomen dat hij voortaan meer haar op zijn hoofd wilde, en niet bijtekende.

'Kom hierheen, Darrel.'

'Ik dacht eerder aan L.A.'

'Vanwaar L.A.?'

'Misschien ga ik weer naar school.'

'De universiteit?' vroeg zijn vader, verbaasd.

'Ja.'

'Wat wil je gaan studeren?'

'Misschien iets met computers,' had Darrel gelogen. Hij had geen flauw idee. Hij wist alleen dat hij voortaan uit wilde kunnen slapen en andere meisjes dan hoertjes of marinegroupies wilde ontmoeten. Hij wilde lol hebben.

'Computers, ja, heel goed,' zei zijn vader. 'De amuletten van deze tijd.'

'De wat?'

'Amuletten,' zei Ed Montez. 'Zinnebeelden... totems.'

Darrel reageerde niet.

'Het ligt ingewikkeld, Darrel. Kom hierheen, je kunt hier ook studeren. UNM is prima, het is een leuke campus en er zijn allerlei soorten studiebeurzen voor indianen.'

'Ik hou van Californië.'

'Ik heb niemand meer,' zei zijn vader.

Toen Darrel in Albuquerque uit het vliegtuig stapte en zijn vader zag, viel hij bijna achterover. Ed Montez had een gedaanteverandering ondergaan van Artillerieman met Borstelkop tot Groot Opperhoofd van de Weet-ik-wat. Zijn peper-en-zoutkleurige haar had een scheiding in het midden en hing tot ver over zijn schouderbladen, op zijn plaats gehouden met een kralenband.

Zijn haardos was een stuk langer dan Darrels lokken in de tijd dat zijn vader hem uitmaakte voor hippietuig.

Zijn vaders kledingkeuze was al net zo drastisch veranderd. Geen golfshirts, geperste broeken en hoogglanzend gepoetste veterschoenen meer. Ed Montez had nu een wijdvallende linnen bloes aan boven een spijkerbroek en mocassins.

Hij had een piekerig sikje.

Hij omhelsde Darrel, alweer iets nieuws, nam zijn plunjezak van hem over en zei: 'Ik heb mijn naam veranderd. Ik heet nu Edward Two Moons. Misschien moet jij er ook maar eens aan denken om hem te veranderen.'

'Genealogie,' verklaarde de oude man tijdens de één uur durende rit naar Santa Fe. Tot dusver was de omgeving vlak en droog; een eindeloze leegte langs de snelweg, afgewisseld met een enkel indiaans casino.

Net als in Palm Springs.

Een maximumsnelheid van 120 kilometer per uur. Daar had Darrel geen moeite mee. Zijn vader reed 145, net als alle andere weggebruikers.

Zijn vader stak een sigaret op en blies de rook door de cabine van de Toyota pick-up. 'Ben je niet nieuwsgierig?'

'Naar wat?'

'Naar genealogie.'

'Ik weet wat het betekent. Je hebt je stamboom onderzocht.'

'Onze stamboom, jongen. Onderweg van Florida hierheen

ben ik in Salt Lake City gestopt om bij de mormonen een en ander grondig uit te zoeken. Ik heb een paar bijzonder interessante dingen gevonden. Toen ik hier kwam, ben ik verder gaan zoeken, en toen werd het nog veel interessanter.'

'Vertel,' zei Darrel, ook al kon het hem niet echt iets schelen. Hij was voornamelijk geïnteresseerd in de oudere man op wie hij af en toe een stiekeme zijdelingse blik wierp. Edward Two Moons? Als hij sprak trilde zijn sikje.

'Onze stamboom gaat regelrecht terug tot aan de Santa Clara-nederzetting. Van mijn kant. Je moeder was Apache en Mohawk, maar dat is een ander verhaal. Dat moet ik allemaal nog uitzoeken.'

'Juist ja,' zei Darrel.

'Juist ja?'

'Wat wilt u dan dat ik zeg?'

'Ik had gedacht,' zei Ed, 'dat je nieuwsgierig zou zijn.'

'U hebt zelf altijd gezegd dat het iets uit het verleden was.'

'Ik ben het verleden gaan waarderen.' Zijn vader stak met een bruusk gebaar zijn sigaret tussen zijn lippen en met zijn rechterhand greep hij Darrels pols vast. Stevig vast. Bizar. De oude man was nooit zo aanrakerig geweest.

'We zijn afstammelingen van Maria Montez, jongen. In directe lijn, daar bestaat geen enkele twijfel over.'

'Wie is dat?'

'Dat was misschien wel de beste keramiste aller tijden.' Ed liet hem los en toonde hem zijn open hand. Zijn handpalm was grijs, bedekt met een korrelige substantie.

'Dit is klei, mijn zoon. Ik heb me toegelegd op de kunstvorm uit de klassieke Oudheid.'

'U?'

'Je hoeft niet zo verbaasd te doen.'

Het dichtst dat zijn ouders 'kunst' ooit benaderd hadden, was het met plakband bevestigen van kerstkaarten aan de muren van hun tijdelijke behuizing.

'We verhuizen veel te vaak,' had zijn moeder daarbij uitgelegd. 'Als je gaten in de muur maakt, dan moet je ze ook weer dichtmaken. En ik mag misschien niet de slimste zijn, ik ben zeker niet stom.'

'De werkwijze is fantastisch,' vervolgde zijn vader. 'Je moet op zoek naar de juiste klei, hem opgraven en dan alles met de hand vormen. We gebruiken geen pottenbakkersschijven.'

We?

Darrel hield zijn mond stijf dicht. Ze waren nog maar een kilometer of vijfentwintig van Santa Fe en het landschap begon te veranderen. Een andere hoogte en lieflijke bergen rondom. Een groenere omgeving met kleine roze en terra en goudkleurige huisjes die het licht weerkaatsten. De hemel was immens en blauw, blauwer dan Darrel hem ooit had gezien. Op een groot reclamebord werd geadverteerd voor belastingvrije benzine in de Pojoaque-nederzetting. Een ander bord vroeg aandacht voor naar eigen wens ontworpen natuurstenen huizen op een plek die ze Eldorado noemden.

Niet verkeerd, maar toch, het was geen Californië.

'Geen draaischijven,' herhaalde zijn vader. 'Alles gaat handmatig, en dat is verre van eenvoudig, kan ik je vertellen. Daarna komt het afbakken en dan wordt het pas echt moeilijk. Sommige mensen gebruiken een pottenbakkersoven, maar ik maak liever gebruik van een open vuur aangezien de krachten buiten veel sterker zijn. Je hebt een houtvuur nodig met precies de goede temperatuur. Als je een fout maakt, kan alles barsten en is al je werk voor niets geweest. Voor het krijgen van verschillende kleuren gebruik je koeienmest. Je moet je werk dan precies op het goede moment uit het vuur trekken en later weer terugplaatsen. Het is een behoorlijk ingewikkeld proces.'

'Zo klinkt het inderdaad.'

'Ga je me nog vragen wat voor dingen ik maak?'

'Wat maakt u?'

'Beren,' zei zijn vader. 'En niet eens zo slecht. Ze lijken best op beren.'

'Geweldig.' Klei, mest. Krachten in de buitenlucht. Zijn vaders haar... jezus, het was echt lang. Wat was dit, een droom?

'Ik leef om beren te maken, Darrel. Al die jaren dat ik dat niet heb gedaan, zijn verspilde jaren geweest.'

'U hebt uw land gediend.'

Ed Montez lachte en rookte en gaf gas bij tot hij bijna 160 reed.

'Pa, woont u in de nederzetting?'

'Was het maar waar. Dat wat we nog aan rechten op het land van Santa Clara bezaten, is allang vergeven. Maar ik ga erheen voor mijn lessen. Het is niet zo ver. Het is me gelukt om contact te leggen met Sally Montez. Dat is Maria's achterachterkleinkind. Een fantastische pottenbakster, ze heeft twee jaar achter elkaar de eerste prijs gewonnen bij de Indiaanse Aardewerkwedstrijden. Ze gebruikt altijd mest om een kleurencombinatie van rood en zwart te krijgen. Vorig jaar had ze griep en ging het niet zo goed en ze kreeg alleen maar een eervolle vermelding. Maar zelfs dat is niet slecht.'

'Waar woont u dan, pa?'

'Ik heb een flat. Ik heb genoeg pensioen opgebouwd bij het leger om de huur te kunnen betalen en te kunnen leven. Ik heb twee slaapkamers, dus er is ook genoeg ruimte voor jou. En ik heb kabeltelevisie, want schotels werken hier niet zo goed met al die wind.'

Het kostte nogal wat moeite om te wennen aan het samenwonen met zijn vader. Zijn níéuwe vader.

De driekamerflat van Edward Two Moons aan de zuidkant van Santa Fe kon beter omschreven worden als een éénkamerappartement met studeerkamer. Darrels kamer was een ruimte van tweeënhalf bij drie meter, gevuld met boekenplanken en een tweepersoons-slaapbankje. Boeken op de planken. Alweer iets nieuws. Amerikaanse geschiedenis, indiaanse geschiedenis. Kunst. Veel boeken over kunst.

Een wierookbrander in zijn vaders slaapkamer, en heel even vroeg Darrel zich af: hasj?

Maar zijn oude heer vond het gewoon prettig om wierook te branden als hij las.

Nergens keramische beertjes. Darrel vroeg er niet naar omdat hij het antwoord niet wilde weten.

Eén ding was onveranderd: zijn vader stond elke dag om zes uur 's morgens op, ook in de weekeinden.

Maar hij deed geen eenarmige opdruksessies meer. Oudsergeant van de artillerie Ed Montez begroette elke nieuwe dag tegenwoordig met een uurtje stille meditatie. Gevolgd door een uur buig- en strekoefeningen met begeleiding van een van zijn vele yogabanden.

Zijn pa die opdrachten uitvoerde van dames in een legging.

De yoga werd gevolgd door een lange wandeling, een bad van een halfuur en daarna een ontbijt van geroosterd brood met koppen zwarte koffie, hoewel het tegen die tijd eerder tijd voor de lunch dan voor ontbijt was.

Tegen tweeën was de oude man dan klaar voor zijn rit naar de Santa Clara-nederzetting, waar de altijd opgewekte, gezette Sally Montez bezig was in haar atelier aan de achterkant van haar natuurstenen huis, dat vol stond met schitterende met edelstenen ingelegde meesterwerken van zwarte klei. Aan de voorkant van het huis zat de winkel die werd gedreven door haar echtgenoot, Bob. Hij was Sally's achterneef; Sally had haar achternaam niet hoeven veranderen.

Terwijl Sally aan haar aardewerk werkte, zat zijn vader gebogen over een nabijgelegen tafeltje fronsend op de binnenkant van zijn wang te kauwen, druk bezig met het modelleren van zijn beren.

Hele families, in diverse houdingen.

56

De eerste keer dat Darrel de kleine beesten zag, dacht hij aan Goudhaartje. Toen dacht hij: echt niet! Ze lijken zelfs niet eens op beren. Eerder op varkens. Of egels. Of iets ondefinieerbaars. Zijn vader was geen beeldend kunstenaar en dat wist Sally Montez heel goed. Maar glimlachend zei ze: 'Ja, Ed, je doet het heel goed.' Ze deed het niet voor het geld. Pa betaalde haar geen cent. Ze deed het omdat ze gewoon aardig was. Net als Bob. Net als hun kinderen. Net als de meeste mensen die Darrel in de nederzetting ontmoette. Hij begon zich het een en ander af te vragen.

Zijn pa begon pas weer over die naamsverandering toen Darrel al zes maanden bij hem woonde. Ze zaten samen een ijsje te eten op een bankje op het Plaza, op een prachtige zomerdag. Darrel was aan UNM gaan studeren met economie als hoofdvak, had zijn eerste semester met een ruime voldoende afgesloten, had een paar leuke meisjes ontmoet en plezier gehad.

'Ik ben trots op je, jongen,' zei zijn vader toen hij de studieresultaten aan Darrel teruggaf. 'Heb ik je ooit verteld over de oorsprong van mijn naam?'

'Uw nieuwe naam?'

'Mijn énige naam, jongen. Het hier en nu is het enige wat telt.'

Zijn haar was ondertussen nog een centimeter of tien gegroeid. De oude man rookte nog steeds en zijn huid zag eruit als gelooid leer. Maar zijn haar was dik en vitaal en glanzend, ondanks de grijze strepen die erdoorheen liepen. Lang genoeg voor een echte vlecht. En vandaag was het ingevlochten.

'De nacht dat ik mijn beslissing nam,' zei hij, 'stonden er twee manen aan de hemel. Niet echt natuurlijk, maar dat was wat ik zag. Een gevolg van de moesson. Ik stond mijn avondeten te koken, en toen barstte er ineens zo'n moessonregenbui los. Je hebt er nog geen een meegemaakt, maar dat komt nog wel. De hemel breekt plotseling open en *beng*: bakken regen. Het kan een droge dag zijn, kurkdroog, en dan kan het zomaar gebeuren.' Hij knipperde met zijn ogen en heel even trilde zijn lip. 'Kabbelende beekjes worden woeste rivieren. Heel indrukwekkend, jongen.'

Ed likte aan zijn pecannotenijs. 'Hoe dan ook, ik stond dus te koken en ineens begint het te gieten. Toen ik de afwas had gedaan ben ik gaan zitten, en toen vroeg ik me af wat de rest van mijn leven voor me in petto zou hebben.' Opnieuw knipperende ogen. 'Ik dacht aan je moeder. Ik heb mijn gevoelens voor haar nooit veel geuit, maar geloof me, ik voelde heel veel voor haar.'

Hij wendde zijn hoofd af en Darrel keek naar de toeristen die langs de indiaanse zilversmeden en pottenbakkers in de nis van het Palace of Governors slenterden. Het Plaza aan de andere kant van de straat stond vol kunstkraampjes en er was een podium met een microfoon voor amateur-zangers. Wie had gezegd dat het zingen van volksliedjes ter ziele was gegaan? Of misschien ging dat om het góéd zingen van volksliedjes.

'Ik werd verdrietig van de gedachte aan je moeder, maar het gaf me ook een soort van roes. Niet zoals je van alcohol krijgt. Eerder een stimulans. En ineens wist ik dat ik de juiste beslissing had genomen om hierheen te gaan. Ik kijk naar buiten en het raam is kletsnat en het enige wat je van de hemel kunt ziet is een grote, wazige maan. Alleen waren het er deze keer twee. Het glas brak het licht zodat ik een dubbel beeld zag. Begrijp je wat ik bedoel?'

'Refractie,' antwoordde Darrel. Hij had Natuurkunde voor Niet-Natuurwetenschapsstudenten gevolgd, en een acht voor dit bijvak gehaald.

Ed wierp een trotse blik op zijn zoon. 'Precies. Refractie. Geen twee los van elkaar staande manen, maar eerder de een op de ander, misschien tweederde overlappend. Een schitterend gezicht. En op dat moment kreeg ik heel sterk het gevoel dat je moeder contact met me zocht. Want dat was precies hoe we waren. Altijd samen, maar als twee verschillende individuen, met net genoeg overlapping om het tot een succes te maken. We waren vijftien toen we elkaar leerden kennen en moesten wachten tot we zeventien waren voor we konden trouwen omdat haar vader zwaar alcoholist was en mijn bloed wel kon drinken.'

'Ik heb altijd gedacht dat opa u graag mocht.'

'Later wel, ja,' zei Ed. 'Tegen de tijd dat jij hem leerde kennen, vond hij iedereen aardig.'

In Darrels herinnering was zijn opa een vriendelijke en beminnelijke man geweest. Zwaar alcoholist? Wat voor verrassingen had zijn vader nog meer voor hem in petto?

'Hoe dan ook, die twee manen stonden duidelijk voor je moeder en ik, en op dat moment besloot ik haar mijn eer te betuigen door die naam aan te nemen. Ik ben naar een advocaat hier in de stad en naar het gerechtsgebouw gegaan, en zo is het gegaan. Het is officieel en legaal jongen, voor de wet van New Mexico. Maar veel belangrijker nog: in mijn ogen is de naam heilig.'

Een jaar nadat Darrel bij zijn vader ingetrokken was, werd er bij Edward Two Moons tweezijdig kleincellig longcarcinoom geconstateerd. De kanker was uitgezaaid naar zijn lever en de artsen adviseerden hem naar huis te gaan en te genieten van de tijd die hem nog restte.

De eerste paar maanden ging het redelijk met hem. Hij had alleen last van een droge, vastzittende hoest en soms van ademnood. Ed las veel over het oude indiaanse geloof en leek vrede te hebben met zijn lot. Darrel deed alsof hij de situatie aankon, maar ondertussen prikten de tranen achter zijn ogen.

De laatste maand was zwaar en werd in zijn geheel doorgebracht in het ziekenhuis. Darrel zat aan het bed van zijn vader en luisterde naar zijn ademhaling. Hij keek werkloos naar de monitoren en sloot vriendschap met een paar van de verpleegsters. Hij liet geen traan, voelde alleen een doffe pijn onder in zijn maag en raakte zes kilo kwijt.

Maar hij voelde zich niet zwak. Het tegenovergestelde juist, alsof hij kracht uit reserves putte.

De laatste dag van zijn leven sliep Edward Two Moons. Tot dat ene moment dat hij midden in de nacht overeind kwam en naar lucht hapte met een paniekerige blik in zijn ogen.

Darrel sprong overeind en wiegde hem heen en weer. Hij probeerde zijn vader weer te laten liggen, maar zijn vader wilde rechtop blijven zitten en gaf niet toe.

Darrel legde zich daarbij neer en uiteindelijk ontspande zijn vader zich. De lichten van de monitoren gaven zijn gezicht een ziekelijk groene gloed. Zijn lippen bewogen zonder geluid. Hij worstelde om iets te zeggen. Darrel keek hem diep in zijn ogen, maar zijn vader zag inmiddels niets meer.

Darrel hield zijn vader stevig vast en hield zijn oor tegen zijn vaders lippen.

Droog gerasp. En toen: 'Verandering. Jongen. Is. Goed.'

Daarna viel hij weer in slaap. Een uur later overleed hij.

De dag na de begrafenis ging Darrel naar het gerechtsgebouw om zijn naamswijziging aan te vragen.

5

Onderweg naar huis was Katz in gedachten bij de moord op Olafson.

Doc en Darrel hadden het over een woedeaanval gehad, en misschien hadden ze gelijk. Maar als razernij de belangrijkste drijfveer geweest was, zou je meerdere slagen verwacht hebben in plaats van één enkele enorme dreun. Een dief die gestoord werd in zijn werk zou in dat plaatje passen. Net als de openstaande opslagruimte. Een confrontatie. Olafson die aankondigde dat hij de politie zou bellen en zijn rug naar de indringer toekeerde. Een domme actie. Olafsons opmerking over het aanspannen van een rechtszaak tegen Bart en Emma Skaggs riekte naar arrogantie. Misschien was hij overmoedig geworden en had hij de inbreker niet serieus genomen.

De bovenmaatse chromen hamer gaf aan dat de schurk niet was gekomen met het doel te doden. Was de keuze van het moordwapen symbolisch bedoeld geweest? Gedood door kunst, zoals Darrel had gezegd? Of was het simpelweg opportunisme?

Katz had een leven vol symboliek geleid. Dat gebeurde nu eenmaal wanneer je met een kunstenares getrouwd was.

Een pseudo-kunstenares.

Eerst de beeldhouwwerken, later de waardeloze schilderijen.

Nee, dat was gemeen. Valerie had best talent. Alleen niet genoeg.

Hij zette haar uit zijn gedachten en keerde terug naar de zaak. Hij kwam niet op nieuwe invalshoeken, maar was er nog steeds mee bezig toen hij thuiskwam, zijn auto parkeerde en zijn huis binnenging. De kamer was precies zoals hij hem achtergelaten had: tiptop. Hij klapte de slaapbank uit, at, keek tv en dacht nog wat meer na.

Hij woonde in een negentig vierkante meter groot bijgebouw met golfplaten dak achter het Rolling Stone Marmer en Graniet Depot aan South Cerillos. Hij had een woonkamer en een prefab toilet van fiberglas. Verwarming door middel van een kachel, airconditioning door middel van opengeschoven ramen. Hij kookte op een elektrisch eenpitskookplaatje en bewaarde zijn schamele bezittingen in een stalen kluis. Het raam bood uitzicht op verticaal gestapelde platte stenen en vorkheftrucks.

Een tijdelijk onderkomen dat permanent geworden was. Semi-permanent, want ooit zou hij misschien een echt huis vinden. Maar daar was op dit moment geen reden voor aangezien de huur miniem was en hij op niemand indruk hoefde te maken. In New York zou hij voor hetzelfde bedrag een kelderhok hebben kunnen huren.

Hij was de middelste zoon van een tandarts en mondhygiëniste en de broer van nog eens twee smoelsmeden. Hij was opgegroeid in Great Neck, had gestudeerd, was geen studiebol maar wel het zwarte schaap van het verder o zo keurige bourgeois gezin. Nadat hij gestopt was met zijn studie aan het SUNY Binghamton, had hij vijf jaar achter de bar gewerkt in Manhattan voordat hij terugkeerde naar Jon Jay en een graad in strafrecht behaalde.

Gedurende zijn vijf jaren bij de NYPD had hij op een patrouillewagen in Bed-Stuy gereden, undercover aan drugszaken en in de gevangenis gewerkt, en was hij uiteindelijk geëindigd bij het Two-Four-team in het centrum, waar hij aan de westgrens van Central Park werkte, van 59th tot 86th Street. Een leuke baan, bewaken van het park. Tot het moment waarop dat niet leuk meer was.

Hij bleef daarnaast als barkeeper werken en het geld dat hij daarmee verdiende zette hij opzij om een Corvette te kopen, hoewel hij geen flauw idee had waar hij die zou moeten parkeren en wanneer hij erin zou rijden. Op de avond dat hij Valerie ontmoette stond hij de meest idiote vruchtenmartini's te mixen in een café in de Village. In eerste instantie was hij niet erg van haar onder de indruk. Zijn oog viel eerder op haar vriendin, Mona; in die tijd viel hij nog op blonde types met grote borsten. Later, toen hij erachter kwam hoe gestoord Mona was, was hij blij dat hij geen relatie met haar had gekregen. Niet dat het uiteindelijk allemaal zo geweldig was geweest met Valerie, maar dat lag in ieder geval niet aan het feit dat ze gestoord was.

Alleen...

Het had geen zin om er nog langer bij stil te blijven staan.

Hij lag een tijdje te lezen in een detective die geen enkele overeenkomst vertoonde met de realiteit zoals hij die kende en dat was precies waar hij op dit moment behoefte aan had. Binnen een paar minuten kreeg hij slaap, legde het boek op de grond, deed het licht uit en strekte zich uit.

De zon kwam al bijna weer op en tegen zeven uur 's morgens zouden Al Kilcannon en de mannen van het depot weer brullend en lachend met hun machines aan de slag gaan. Soms had Al zijn honden bij zich, en die beesten blaften als gekken. Katz had zijn oordopjes klaarliggen op het nachtkastje.

Maar misschien zou hij ze niet in doen. Misschien zou hij gewoon opstaan, zich warm aankleden en een rondje gaan hardlopen voor hij Darrel bij Denny's trof.

Het was niet altijd even leuk om in dit hok wakker te worden. Hij miste Valerie niet, maar hij miste het om de nieuwe dag te begroeten met een warm lichaam tegen dat van hem gedrukt.

Misschien miste hij haar een beetje.

Misschien was hij te moe om te weten hoe hij zich voelde.

De avond dat ze elkaar ontmoetten, liet Mona zich oppikken door de een of andere sul en bleef Valerie alleen achter. Nu Mona haar niet meer overschaduwde leek ze ineens veel meer tot haar recht te komen en Steve bestudeerde haar. Een donker pagekapsel, een bleek ovaal gezicht, misschien een kilo of vier te zwaar, maar goed geproportioneerd. Grote ogen, zelfs vanuit de verte. Ze zag er verloren uit. Hij had medelijden met haar en stuurde haar een Cosmopolitan van het huis. Ze wierp een blik op de bar, trok een wenkbrauw op en kwam naar hem toe.

Goed geproportioneerd, absoluut.

Ze gingen samen naar huis, naar haar appartement in East Village, omdat zij een eigen kamer had, in tegenstelling tot de plek achter het gordijn in de tweekamerflat aan 33rd Street die hij met drie andere jongens deelde.

Al die tijd bleef Valerie er enigszins eenzaam uitzien en zei ze weinig, maar seks leek een ander mens van haar te maken en ze was een tijgerin in bed. Naderhand haalde ze een joint uit haar schoudertas en rookte hem helemaal op. Ze vertelde hem dat ze beeldhouwster en schilderes was, een Detroit-meisje met een NYU-graad, dat er nog geen galerie was die haar werk tentoonstelde, maar dat ze soms wel wat los werk verkocht op markten en bazaars. Hij vertelde haar wat zijn werkelijke baan was, ze keek naar de as van haar joint en vroeg: 'Ga je me nu arresteren?'

Hij lachte en pakte zijn eigen voorraadje. Deelde die met haar.

Drie maanden later traden ze in een opwelling in het huwelijk. De zoveelste teleurstelling voor de familie Katz. Net als voor Valeries familie, zo bleek later. Haar vader was advocaat. Ze had altijd haar grenzen opgezocht binnen het milieu waarin ze opgegroeid was en had haar ouders nooit iets anders dan problemen opgeleverd.

In het begin leek hun rebellie het cement van hun relatie te zijn. Maar al snel was het dat niet meer en binnen een jaar ontliepen ze elkaar, spraken ze elkaar beleefd toe en hadden ze slechts nog sporadisch seks met een steeds verder afnemende passie. Katz had het naar zijn zin bij de politie, maar daar sprak hij nooit over met Valerie omdat praten iets voor slappelingen was, en daarbij kwam dat haar veganistische zieltje van streek raakte van wreedheden. Bovendien zat er weinig schot in haar carrière en het feit dat hij tevreden was met zijn baan maakte de zaak er niet beter op.

De nacht dat alles veranderde, zat hij in de tweede helft van een dubbele dienst, samen met een man die dit werk al tien jaar deed: Sal Petrello. Een rustige nacht. Ze hadden een paar kinderen die duidelijk kwaad in de zin hadden uit het park verjaagd, een Duitse toerist geholpen de weg terug naar Fifth Avenue te vinden, en ze waren naar een melding geweest die om een luidruchtige woordenwisseling tussen een ouder echtpaar bleek te gaan. Tien minuten voor middernacht kregen ze een oproep: een gestoorde man rende naakt rond in de omgeving van Central Park West en 81st Street.

Daar aangekomen troffen ze niemand aan. Geen maniak en al helemaal geen naakte, geen van de getuigen die de melding hadden gedaan, helemaal niemand. Niets anders dan duisternis tussen het gebladerte van het park en de verkeersgeluiden van de straat.

'Vast en zeker een Victor-Alfa,' zei Petrello. 'Iemand die een geintje wil uithalen.'

'Waarschijnlijk,' stemde Katz in. Maar hij was niet helemaal overtuigd. Iets kriebelde zo hardnekkig in zijn nek dat hij zelfs een hand onder zijn boord stak om te voelen of er geen beest over zijn huid kroop.

Geen beest, alleen maar een jeukerig gevoel.

Ze zochten nog een minuut of vijf verder, troffen niemand aan, maakten melding aan de centrale van een valse oproep en maakten aanstalten om te vertrekken.

Op weg terug naar de auto zei Petrello: 'Gelukkig maar. Ik kan niet zeggen dat ik op een gek zat te wachten.'

Ze waren bijna bij de wagen toen de vent te voorschijn sprong, zich voor hen posteerde en de doorgang versperde. Een grote gespierde vent met een hoekig gezicht en vierkante kaak, een kaalgeschoren hoofd, en een enorm gespierde borstkas. Van top tot teen gekleed in adamskostuum.

En opgewonden, dat ook. Hij huilde als een wolf en maakte zigzagbewegingen door de lucht. Er glansde iets in zijn linkerhand. Petrello stond het dichtst bij hem, stapte naar achteren en reikte naar zijn wapen, maar niet snel genoeg. De vent haalde opnieuw uit en Petrello gilde, zijn ene hand beschermend met de andere.

'Steve, hij heeft me geraakt!'

Katz had zijn pistool vast. De naakte psychoot stapte grijnzend op hem af, het gefilterde straatlicht in, en nu zag Steve wat hij in zijn hand had. Een ouderwets scheermes. Parelmoeren handvat. Roestrood van Petrello's bloed.

Katz hield zijn ogen op het wapen en wierp tussentijds een snelle blik op zijn partner. Sal hield zijn hand stevig op de wond gedrukt. Bloed druppelde tussen zijn vingers door. Het druppelde, het spoot niet. Gelukkig, geen slagaderlijke bloeding dus.

Sal kreunde. 'Godvergeten klootzak. Schiet hem neer, Steve.'

De gek naderde Katz en maakte concentrische cirkels met het scheermes.

Katz richtte op zijn gezicht. '*Stastilofikschiet!*'

De gestoorde vent keek naar beneden, naar zijn kruis. Héél erg opgewonden.

Sal brulde: 'Schiet hem neer, Steve! Ik houd mijn mond. Christus, ik heb een pleister nodig. Schiet hem godverdomme neer!'

De maniak lachte. Zijn ogen nog steeds op zijn opgerichte lid gericht.

Katz zei: 'Laat dat mes los. Nu!'

De gek liet zijn arm zakken, alsof hij gehoor gaf aan de oproep.

Lachte op een manier die het bloed in Katz' aderen deed stollen.

'O, mijn god,' zei Sal.

Ongelovig staarden hij en Katz naar de man die zichzelf met een snelle hakbeweging een lichaamsdeel afsloeg.

Het bureau stuurde Katz en Petrello naar een psychiater. Het kon Petrello weinig schelen aangezien hij gewoon doorbetaald werd en toch al van plan was geweest een tijdje verlof te nemen. Katz haatte het om diverse redenen.

Valerie wist wat er was gebeurd omdat het in de *Post* had gestaan. Voor deze ene keer scheen ze er met Steve over te willen praten, dus uiteindelijk was dat wat hij deed. Ze zei: 'Walgelijk. Ik vind dat we naar New Mexico moeten verhuizen.'

Eerst dacht hij dat ze een grapje maakte. Toen hij besefte dat dat niet het geval was, zei hij: 'Hoe zou ik dat moeten doen?'

'Gewoon doen, Steve. Het wordt tijd dat je eens wat spontaniteit toestaat in je leven.'

'Wat bedoel je daar nu weer mee?'

Ze gaf geen antwoord. Ze waren in hun appartement aan West 18th, waar Valerie een salade stond te maken en Katz een sandwich met cornedbeef klaarmaakte. Valerie vond het geen probleem dat hij vlees at, maar ze kon niet tegen de geur van warm vlees.

Een paar in ijzige stilte voorbij tikkende seconden later hield ze op met haar werkzaamheden, liep naar hem toe, sloeg een arm om zijn middel en drukte haar neus tegen de zijne. Toen trok ze zich weer terug, alsof het gebaar hun allebei niet had gebracht wat het zou moeten.

'Laten we de waarheid onder ogen zien, Steve. Het gaat de laatste tijd niet zo geweldig tussen ons. Maar ik kies ervoor om te geloven dat het niet aan ons ligt. Het is de stad die al onze energie opzuigt. Al die geestelijke vervuiling. Waar ik op dit moment in mijn leven behoefte aan heb, Steve, is sereniteit in plaats van toxiciteit. Santa Fe is sereen. Ons leven zou op geen enkele plek zo anders kunnen zijn als daarginds.'

'Ben je er wel eens geweest dan?'

'Toen ik op de middelbare school zat. Met de hele familie. Uiteraard gingen zij allemaal winkelen bij The Gap en Banana Republic. Ik ben de galeries afgegaan. Het stikt ervan daar. Het is een heel klein stadje met geweldige restaurantjes en café's en vooral veel kunst.'

'Hoe klein?'

'Zestigduizend inwoners.'

Katz lachte. 'Met zoveel zitten we hier al in een blok.'

'Dat bedoel ik dus.'

'En wanneer zou je daarheen willen gaan?'

'Hoe eerder hoe beter.'

'Val,' zei hij, 'het duurt nog jaren voordat ik een fatsoenlijk pensioen heb opgebouwd.'

'Een pensioen is iets voor zieke oude mensen. Jij kunt nog best jong zijn.'

Wat bedoelde ze daar in godsnaam mee?

'Ik moet dit doen, Steve. Ik stik hier.'

'Laat me erover nadenken.'

'Doe er niet te lang over.'

Die avond nadat ze naar bed was gegaan, zocht hij op internet de website op van het Santa Fe Police Department.

Een armzalig klein politiekorps en een salariëring die niet in de buurt kwam van het NYPD. Maar ook aantrekkelijke dingen. Overplaatsing naar een ander korps behoorde tot de mogelijkheden, net als privé-gebruik van een dienstwagen. Eén vacature voor rechercheur. De laatste tijd had hij nagedacht over de functie van rechercheur, maar wist dat hij dan de zoveelste in de rij zou zijn bij het Two-Four-team of bij een van de aangrenzende politiebureaus.

Sal Petrello liep te verkondigen dat Katz verlamd was geraakt van de zenuwen, dat het pure mazzel was geweest dat de gek zijn eigen pik afgehakt had en niet die van een van hen.

Hij bezocht nog wat andere sites en vond wat mooie kleurenfoto's van Santa Fe. Heel lieflijk allemaal, inderdaad. Maar geen enkele hemel kon in werkelijkheid zo blauw zijn, die foto's waren vast en zeker bewerkt.

Eerder een dorp dan een stad.

Doodsaai waarschijnlijk, maar wat voor spannende dingen beleefde hij nu eigenlijk in de grote boze stad? Hij knipte het licht uit, kroop naast Valerie in bed, legde zijn hand op haar achterwerk en zei: 'Goed, we doen het.' Ze bromde iets en duwde zijn hand weg.

Het overgrote deel van hun bezittingen bestond uit troep en dat wat ze niet verkochten bij een straatverkoop lieten ze achter. Nadat ze hun kleren en Valeries kunstbenodigdheden hadden ingepakt, vlogen ze op een warme voorjaarsdag naar Albuquerque, huurden daar een auto op het vliegveld en reden naar Santa Fe.

De hemel kon dus écht zo blauw zijn.

Katz dreigde gek te worden van al die ruimte en stilte. Hij hield zijn mond. De afgelopen nachten had hij gedroomd over de maniak met het scheermes. In zijn dromen was het einde minder goed. Misschien werd het inderdaad tijd dat hij zijn ziel zuiverde.

Ze huurden een huis in een zijstraat van St. Francis, niet ver van het DeVargas Center. Val ging op pad om schildersbenodigdheden te kopen en Steve bracht een bezoek aan het politiebureau.

Een piepklein bureau met ruimschoots parkeergelegenheid aan de achterzijde. Rustig. En zo ontzettend stíl.

De hoofdcommissaris was een vrouw. Dat was weer eens iets anders.

Hij vroeg om een sollicitatieformulier, nam het mee naar huis en trof daar een opgewonden Valerie aan die een zak vol verftubes en kwasten leegstortte op de klaptafel waaraan ze aten.

'Ik ben teruggegaan naar Canyon Road,' vertelde ze. 'Er zit daar een zaakje met kunstenaarsbenodigdheden. Je zou verwachten dat ze hartstikke dure spullen hebben, maar ik heb hier maar twee derde voor betaald van wat het me in New York gekost zou hebben.'

'Geweldig,' antwoordde hij.

'Wacht, ik was nog niet klaar.' Ze keek keurend naar een tube cadmiumgeel. Glimlachte, legde de verf neer. 'Terwijl ik sta te wachten, zie ik een cheque aan de muur achter de kassa hangen. Een oude cheque, helemaal vergeeld. Uit de jaren vijftig. En raad eens van wie die was?'

'Van Gogh.'

Ze keek hem geërgerd aan. 'Georgia O'Keeffe. Ze heeft hier vroeger gewoond voordat ze die boerderij kocht. Ze kocht al haar spullen daar, in hetzelfde winkeltje waar ik vandaag was.'

Katz dacht bij zichzelf: alsof je daar beter van wordt.

Hij zei: 'Gaaf zeg.'

Ze vroeg: 'Doe je nu expres zo neerbuigend, Steve?'

'Dat doe ik helemaal niet,' hield hij vol. 'Ik vind het echt gaaf.'

Hij loog slecht. Dat wisten ze allebei.

Het kostte haar drie maanden om bij hem weg te gaan. Vierennegentig dagen om precies te zijn, gedurende welke Katz de functie van politieagent-III kreeg en de belofte binnen zestig dagen gepromoveerd te worden tot rechercheur als er geen sollicitant kwam met meer ervaring dan hij.

'Ik zal eerlijk tegen u zijn,' zei hij tegen inspecteur Barnes. 'Ik heb wel in burger gewerkt, maar geen echt recherchewerk gedaan.'

'Luister,' zei Barnes, 'je hebt vijf jaar in New York gewerkt. Ik ben ervan overtuigd dat je de dingetjes bij ons wel aankunt.'

Toen hij op dag vierennegentig thuiskwam, waren Valeries spullen weg en lag er een briefje op de klaptafel.

Lieve Steve,
Ik weet zeker dat dit geen verrassing voor je zal zijn, want jij bent net zomin gelukkig als ik. Ik heb iemand

anders ontmoet en grijp deze kans aan om gelukkig te worden. Jij zou hier ook blij mee moeten zijn. Zie het maar als iets waar ik je plezier in plaats van pijn mee doe. Ik zal de helft van de huur van deze maand en de andere vaste lasten naar je overmaken.
V.

De ander die ze ontmoet had, was een vent die overdag als taxichauffeur werkte en zei dat hij eigenlijk beeldhouwer was. Zo ging het in Santa Fe, dat had Katz al snel ontdekt. Iedereen was hier kunstzinnig.

Val en Taxi hielden het samen een maand uit, maar ze had geen enkele behoefte terug te gaan naar Katz. In plaats daarvan stortte ze zich in een reeks verhoudingen met gelijksoortige types, zonder dat ze een vast adres had, en ondertussen werkte ze door aan haar afschuwelijke abstracte schilderijen.

Wonen in een klein stadje betekende dat hij haar telkens tegenkwam. De mannen met wie ze was reageerden in het begin altijd wat nerveus als ze Katz ontmoetten. Maar als ze dan ontdekten dat hij niet van plan was ze in elkaar te slaan, ontspanden ze zich en verscheen die sluwe, tevreden blik op hun gezicht. Katz wist wat dat betekende, hij kende Valerie namelijk ook als tijgerin.

Hij had helemaal geen seks. Wat hem prima beviel. Hij besteedde al zijn energie aan zijn nieuwe baan. Hij had een blauw uniform dat beter paste dan zijn kloffie bij het NYPD, reed rond in zijn wagen en leerde de omgeving kennen, genoot van het gezelschap van een aantal gelijkmoedige collega's, en loste oplosbare problemen op.

Het scheen hem onlogisch toe om huur te blijven betalen voor een appartement dat veel te groot voor hem was, maar hij was te laks om op zoek te gaan naar iets anders. Tot hij op een avond een oproep kreeg dat er een indringer was gesignaleerd bij het Rolling Stone Marmer en Graniet Depot.

Meestal waren dit soort oproepen vals alarm, maar deze keer pakte hij een knul die zich achter de stenen verborgen had. Niets bijzonders, gewoon een loser die een plekje had gezocht om coke te snuiven. Katz arresteerde hem en droeg hem over aan Narcotica.

De eigenaar van de zaak, een grote, zware, opzichtige man luisterend naar de naam Al Kilcannon, verscheen terwijl Katz de jongen afvoerde. Hij hoorde Katz praten en vroeg: 'Je komt uit de stad?'

'New York.'

'Bestaat er een andere stad dan?' Kilcannon kwam uit Astoria, Queens, en had daar met een aantal Grieken in de steenindustrie gewerkt. Tien jaar geleden was hij naar Santa Fe gekomen omdat zijn vrouw behoefte had aan rust en ruimte.

'Hier nog eentje,' zei Katz terwijl hij de jongen op de achterbank van de patrouillewagen duwde en de deur dichtgooide.

'En, bevalt het haar hier?'

'De laatste keer dat ik haar sprak wel, ja.'

'O,' zei Kilcannon. 'Is het er zo een. Zo'n kunstzinnig type zeker.'

Katz glimlachte. 'Prettige avond verder, meneer.'

'We zien elkaar.'

En dat deden ze, een week daarna, toen ze zich allebei stonden te bezatten in een bar aan Water Street. Kilcannon was al aardig ver heen, maar hij kon goed luisteren.

Toen Katz hem vertelde dat hij eraan dacht te verhuizen, zei Kilcannon: 'Hé, weet je, er staat nog een huisje aan de achterkant van het depot. Niets bijzonders hoor, maar mijn zoon heeft daar gewoond toen hij nog studeerde en me niet uit kon staan. Nu woont hij in Boulder en staat het huisje leeg. Ik wil wel een deal met je sluiten: tweehonderd dollar in de maand, inclusief gas, licht en water, in ruil voor toezicht op het terrein.'

Katz dacht even na. 'En als ik nu lig te slapen?'

'Dan slaap je, Steve. Het gaat erom dat er iemand aanwezig is.'

'Ik begrijp nog steeds niet helemaal wat je van me verwacht.'

'Gewoon, dat je er bent,' zei Kilcannon. 'Het feit dat er een juut woont, is op zich al geweldige beveiliging. Parkeer je politiewagen ergens zodat hij vanaf de straat zichtbaar is. Ik heb een onwijs grote voorraad; voor mij zou het een goedkope vorm van verzekeren zijn.'

'Mijn maat en ik wisselen elkaar af,' zei Katz. 'Ik heb de wagen niet elke dag.'

'Geen probleem, Steve. Als hij er staat, dan staat-ie er. Het belangrijkste is dat jij er zit en dat is snel genoeg bekend. Doe wat je wilt, maar ik denk dat het een goede deal is voor ons allebei. Er is zelfs kabelaansluiting.'

Katz dronk zijn glas leeg. Toen zei hij: 'Ach, waarom ook niet?'

Sinds hij hier woonde had hij alleen een potentiële marmerdief gepakt; een ontzettende sukkel die probeerde er in zijn eentje vandoor te gaan met Kilcannons nieuwste type Noorse roosvenster. Verder niets bijzonders, behalve wat zwerfhonden en het bizarre geval waarin een drachtige coyote helemaal vanuit het Sangre de Christo-gebergte in Colorado naar Santa Fe was gelopen en haar nest geworpen had tussen twee pallets Braziliaans Blauw.

Een goede deal voor hem en voor Al, vond hij. Als je het tenminste geen bezwaar vond om zo te wonen.

Hij lag op zijn bed, klaarwakker. Hij zou de hele volgende dag leven op adrenaline en ergens tegen de avond instorten.

Maar ondanks zichzelf viel hij toch in slaap. Denkend aan Valerie. Waarom haar naam in Larry Olafsons palmtop stond.

6

Het ontbijt werd een snel gebeuren voor de beide rechercheurs. Darrel was vroeg opgestaan en achter de computer gekropen. Hij had een recent adres opgespoord van Bart en Emma Skaggs.

'In Embudo. Het heeft een lettertoevoeging, dus vermoed ik dat het een appartement is,' zei hij tegen Katz. 'Heel wat anders dan een boerderij.'

'Embudo is niet verkeerd,' zei Katz.

'Een appartement, Steve!' Woede flitste in Darrels ogen. 'Ik geloof niet dat je een fan was van ons slachtoffer, is het wel?'

Darrel staarde hem aan. Schoof zijn bord van zich af. 'Tijd om te gaan. De snelweg zou ondertussen lekker leeg moeten zijn.'

Embudo lag een kilometer of tachtig ten noorden van Santa Fe, daar waar de snelweg de kolkende Rio Grande raakte. Een leuk klein groen stadje, een soort oase in de hooggelegen woestijn. Zelfs in periodes van grote droogte zorgde de rivier ervoor dat de omgeving weelderig en vochtrijk bleef.

Het echtpaar Skaggs bewoonde een kamer boven een garage achter een winkeltje met tweedehands kleding, chilipepertjes, in zuur ingelegde groenten en yogavideo's. De eigenaresse was een excentrieke vrouw van in de vijftig met witte haren en een Midden-Europees accent. Ze zei: 'Zij doen de schoonmaak voor me en ik bereken ze een lage huur. Aardige mensen. Waarom bent u hier?'

'Wij houden van aardige mensen,' antwoordde Two Moons.

Katz bekeek een pakje chilikruiden. Bekroond met een Blue Ribbon bij de tentoonstelling van het voorgaande jaar.

'Die zijn lekker,' zei de vrouw met het witte haar. Ze droeg een zwarte yogabroek, een roodzijden bloes en een kilo of tien aan barnstenen sieraden.

Katz glimlachte naar haar, legde het pakje neer en liep Two Moons gehaast achterna.

'Politie?' vroeg Emma Skaggs toen ze de deur opendeed. Er ontsnapte haar een zucht. 'Kom binnen, ik denk dat we wel een plekje voor u vrij kunnen maken.'

De woning was net zo klein als het hok van Katz, met eenzelfde kachel, kookplaatje en badkamer aan de achterzijde. Maar het verlaagde plafond en de kleine raampjes in dat wat echt natuurstenen muren leken, gaven het huis de uitstraling van een gevangeniscel. Er was een poging gedaan om het geheel wat op te fleuren: versleten kussens op een oud onhandig groot Victoriaans bankstel, stukgelezen pockets in een goedkoop uitziend boekenkastje, versleten Navajo-tapijten die desondanks nog steeds mooi van kleur waren op de stenen vloer, een paar stukken pueblo-aardewerk op het keukenaanrecht.

Boven de ommetselde open haard een foto van mager uitziende koeien, grazend op een gelige weide.

In de badkamer werd een toilet doorgetrokken, maar de deur bleef dicht.

Emma Skaggs verwijderde kranten van twee klapstoeltjes en gebaarde naar de rechercheurs dat ze konden gaan zitten. Ze was een kleine, magere vrouw die eruitzag naar haar leeftijd, met roodgeverfd haar en rimpels die diep genoeg waren om edelstenen in te verbergen. Een spijkerbroek spande zich over smalle heupen en daarboven droeg ze een handgebreide wollen trui. Het was koud binnen. Haar boezem was plat. Haar ogen grijs.

'U bent hier in verband met Olafson,' zei ze.

Katz zei: 'U hebt het dus gehoord.'

'Ik kijk tv, rechercheur. En als u had gedacht hier iets van belang te weten te komen, dan bent u aan het verkeerde adres.'

'U was in een strijd met hem verwikkeld,' zei Darrel.

'Nee,' zei Emma Skaggs, 'hij was in een strijd met óns verwikkeld. Het ging prima met ons, totdat hij voorbijkwam.'

'U mocht hem dus niet.'

'Bepaald niet, nee. Kan ik u een kop koffie aanbieden?'

'Nee, dank u wel, mevrouw.'

'Nou, ik neem wel.' Emma legde de twee passen naar het keukentje af en schonk een beker zwarte koffie voor zichzelf in. Er stonden borden in een afdruiprek en netjes opgestapelde blikjes en flessen en busjes, maar toch stond het er overvol. Veel te veel spullen voor zo'n kleine ruimte.

De badkamerdeur zwaaide open en terwijl hij zijn handen afdroogde kwam Bart Skaggs tevoorschijn. Een man met o-benen, zonder taille en met een bierbuik die ver over de riem met westerngesp hing. Hij was niet veel langer dan zijn vrouw, met eenzelfde getaande, diepgebruinde huid die ontstaat na jarenlange blootstelling aan uv-straling.

Hij had de stemmen van de twee rechercheurs ongetwijfeld al gehoord, want hij toonde geen enkele verbazing.

'Koffie?' vroeg Emma.

'Ja, graag.' Bart Skaggs liep op ze af, stak een schuurpapieren linkerhand uit, maar ging niet bij het gezelschap zitten. Om zijn rechterhand zat verband. Opgezwollen vingers staken uit het gaas.

'Ik zei net tegen de heren,' zei Emma, 'dat ze hier aan het verkeerde adres zijn.'

Bart knikte.

Two Moons zei: 'Uw vrouw zei dat alles prima ging totdat Olafson in het spel kwam.'

'Hij en de rest.' Bart Skaggs' tong rolde rond in zijn wang, alsof hij pruimtabak verplaatste.

'Met de rest bedoelt u ForestHaven.'

'ForestHell zou een betere naam voor ze zijn,' zei Emma.

'Dat stelletje zogenaamde wereldredders zou het nog geen twee uur uithouden in het bos zonder hun mobiele telefoons. En hij was het ergst van allemaal.'

'Olafson.'

'Totdat hij erbij kwam, wilden ze wel met ons praten. En toen kregen we ineens papieren van de rechtbank.' Er verscheen een rozige tint op haar gezicht en haar grijze ogen werden donker. 'Het was zelfs zo erg, dat die arme knul die ons de dagvaarding bracht, zijn excuses aanbood.'

Bart Skaggs knikte opnieuw. Emma gaf hem zijn koffie. Hij boog door een been, steunde op zijn knie en nam een slok. Hij nam de rechercheurs op over de rand van zijn mok.

Emma zei: 'Als u hier bent gekomen in de verwachting dat we u zullen vertellen dat we hier verdrietig over zijn, dan verspilt u uw tijd.'

'Dat doen we wel vaker,' antwoordde Katz.

'Dat geloof ik graag,' zei Emma. 'Maar wíj deden dat vroeger nooit. Vroeger, toen we nog gewoon de kans kregen om eerlijk ons brood te verdienen. We waren elke minuut van de dag bezig, en niet omdat we daar nu zo graag rijk van wilden worden, want dat word je niet als veeboer. Enig idee wat de prijs per kilo tegenwoordig is? Dat is allemaal de schuld van al die vegetariërs die onzin verkopen over eerlijk en gezond vlees.'

Opnieuw een instemmend knikken van de echtgenoot. Het sterke, stille type?

'Maar toch,' vervolgde ze haar monoloog, 'deden we het met plezier. Generaties lang was dat ons werk. Alsof we iemand kwaad deden door het onkruid en de struiken te laten begrazen die anders weggesnoeid moesten worden vanwege brandgevaar. Alsof elanden niet precies hetzelfde doen. Alsof een eland niet gewoon in de rivier schijt. En ze kunnen zeggen wat ze willen, maar dat hebben wij nooit gedaan.'

'Hoe bedoelt u?' vroeg Darrel.

'Het water vervuilen. We hebben er altijd op gelet dat de kudde zijn behoefte ver uit de buurt van het water deed. We respecteerden de aarde, meer dan al die milieufreaks. Willen jullie een gezonde leefomgeving? Ik zal jullie zeggen wat gezond is: veeteelt. Met dieren die doen wat ze moeten doen, wáár ze het moeten doen. Voor alles een plek: dat is zoals God het heeft gewild.'

Katz zei: 'En Larry Olafson heeft een einde aan dat alles gemaakt.'

'We hebben geprobeerd met hem te praten, om het hem uit te leggen. Nietwaar, Bart?'

'Zekers.'

'Ik heb hem persoonlijk gebeld,' ging ze verder. 'Nadat we die dagvaarding kregen. Hij wilde niet eens aan de lijn komen. Zo'n arrogant jong ding bleef telkens maar herhalen, het leek wel een plaat met een kras erin: "Meneer Olafson heeft het op dit moment erg druk." Daar ging het nu juist om. Wíj wilden het druk hebben met het werk dat God ons opgedragen had. Híj had andere plannen.'

'Hebt u hem ooit nog te spreken gekregen?' vroeg Two Moons.

'Ik moest er helemaal voor naar Santa Fe rijden, naar die kunstgalerie van hem.'

'Wanneer was dit?'

'Een paar maanden geleden, wie zal het zeggen?' Ze snoof. 'En dat noemen ze kunst? En druk? Hij hing daar maar wat rond, met een kopje van die opgeschuimde koffie. Ik heb mezelf voorgesteld en gezegd dat hij een grote fout maakte, dat we geen vijanden van onze aarde of van hem of van wie dan ook waren. Dat we alleen maar ons vlees op de markt wilden brengen en dat we dat nog maar een paar jaar wilden doen en dat we dan waarschijnlijk met pensioen zouden gaan en of hij ons dus alsjeblieft met rust wilde laten.'

Katz vroeg: 'Waren jullie echt van plan om met pensioen te gaan?'

Ze liet haar schouders zakken. 'We hadden geen andere keus. We waren de laatste generatie die nog geïnteresseerd was in het boerenleven.'

Katz knikte meevoelend. 'Kinderen hebben soms zo hun eigen ideeën over de toekomst.'

'Die van ons in ieder geval wel. Kind, enkelvoud. Bart junior. Hij werkt als accountant in Chicago, heeft gestudeerd aan Northwestern en is daar toen blijven hangen.'

'Hij heeft het goed voor elkaar,' zei Bart. 'Hij houdt er niet van om vieze handen te krijgen.'

'En hij heeft er nooit van gehouden ook,' zei Emma. 'Wat op zich geen probleem is.' Haar gezichtsuitdrukking zei het tegenovergestelde.

'Dus,' zei Two Moons, 'u hebt tegen Olafson gezegd dat het nog maar een paar jaar zou duren voor u met pensioen zou gaan. Hoe reageerde hij daarop?'

'Hij keek me aan alsof ik een debiel kind was. Hij zei: "Niets van dat alles is míjn probleem, mevrouwtje. Ik kom op voor de rechten van het land."' Emma's stem was gedaald tot een imitatie van een bariton: de arrogante stem van een butler in een tv-serie. Haar handen waren tot vuisten gebald.

'Hij wilde niet naar u luisteren,' zei Katz.

'Alsof hij God was,' zei Emma. 'Alsof er iemand gestorven was en hem tot oppergod had benoemd.'

'En nu is hij zelf dood,' zei Bart. Hij zei het zachtjes, maar heel nadrukkelijk. Het was de meest onafhankelijke opmerking die hij had gemaakt sinds de rechercheurs binnen waren. Ze keken hem aan.

'En wat is uw mening daarover, meneer?' vroeg Two Moons.

'Waarover?'

'Over de dood van de heer Olafson.'

'Dat is een goede zaak,' antwoordde Bart. 'Zeker geen slechte zaak.' Hij nam een slok van zijn koffie.

Darrel vroeg: 'Wat is er met uw hand gebeurd, meneer Skaggs?'

'Hij heeft hem opengehaald aan prikkeldraad,' zei Emma. 'We hadden nog een paar oude rollen liggen en die wilde hij naar de schroot brengen en toen is hij uitgegleden en met zijn hand blijven haken. Grote rollen. Ik zei nog tegen hem dat het een klus voor twee personen was, niet voor hem alleen, maar zoals gewoonlijk wilde hij weer eens niet luisteren. Stronteigenwijs.'

'En jij niet zeker?' beet Bart terug.

Two Moons vroeg: 'Wanneer was dit?'

'Vier dagen geleden,' antwoordde Bart. 'Ik heb het prikkeldraad trouwens nog steeds niet weggebracht.'

'Het klinkt pijnlijk.'

Bart haalde zijn schouders op.

De rechercheurs lieten een stilte vallen in de kamer.

'U zit ernaast als u denkt dat hij er iets mee te maken heeft gehad.' Emma schudde haar hoofd. 'Bart heeft in zijn hele leven nog nooit iets gewelddadigs gedaan. Zelfs als hij een beest moet slachten, dan doet hij dat met mededogen.'

Katz vroeg: 'Hoe doet een mens dat, meneer Skaggs?'

'Wat?'

'Slachten met mededogen.'

'Ze doodschieten,' zei Skaggs. 'Hier.' Hij vouwde zijn arm naar achteren en wreef met zijn vinger over het zachte plekje waar de wervelgraat de schedel raakt. 'Je moet ze in een opwaartse beweging raken. Je moet precies op het verlengde merg richten.'

'Niet met een jachtgeweer, toch?' vroeg Katz. 'Dat geeft veel te veel rotzooi van dichtbij.'

Bart keek hem aan alsof hij een buitenaards wezen was. 'Je gebruikt er een geweer of een zwaar kaliber revolver voor met magnumkogels.'

Emma ging voor haar man staan. 'Laten we één ding duidelijk maken: we hebben nooit op grote schaal geslacht. Dat zou tegen de regels zijn geweest. We transporteren het vee naar een distributiecentrum in Iowa, en vandaar nemen zij het over. Ik had het over wanneer we vlees voor op onze eigen tafel nodig hadden. Dan liet ik hem dat weten en dan dreef hij een oude stier in de box waar hij hem uit zijn lijden verloste. Het goede vlees hielden we nooit voor onszelf. Maar zelfs van taai oud vlees kun je best iets lekkers maken: je legt het een paar dagen in de koelkast, dan zet je het in de marinade, in bier of zo, en dan heb je een heel lekkere biefstuk.'

Bart Skaggs strekte zijn vrije arm uit. De randen van het gaas waren gelig en vol bloedvlekken. 'Joodse rabbi's halen een mes over de keel. Ik heb het ze in Iowa zien doen. Als je goed met een mes kunt omgaan en het is vlijmscherp, dan is het een snelle dood. Die rabbi's weten wat ze doen. Ze verdoven ze niet eens. Maar als je niet goed bent, dan wordt het een bloederige toestand.'

'U verdooft ze dus eerst,' zei Katz.

'Voor het geval.'

'Voordat u ze doodschiet.'

'Juist. Om ze rustig te krijgen.'

'Hoe doet u dat?'

'Je moet ze afleiden door tegen ze te praten, vriendelijk en rustig en geruststellend. En dan geef je ze een mep op hun kop.'

'Op het verlengde merg?'

Bart schudde zijn hoofd. 'Aan de voorkant, tussen hun ogen. Om ze in de war te maken.'

'Waar moet je dan mee slaan?' vroeg Katz.

'Met een staaf,' antwoordde Bart. 'Of een moker. Ik had een deel van een as van een oude vrachtwagen. Dat werkte prima.'

'Ik probeer het me voor te stellen,' zei Katz. 'Eerst slaat u ze aan de voorkant, en dan rent u naar de achterkant om ze dood te schieten?'

Het werd doodstil in de kamer.

'Mis ik soms iets?' vroeg Katz.

Emma keek de rechercheurs met een ijzige blik aan. 'Ik begrijp waar u naartoe wilt, en ik zeg u: u verdoet uw tijd.'

Plotseling trok haar echtgenoot haar aan haar arm naar achteren zodat ze niet langer voor hem stond. Ze wilde iets zeggen maar bedacht zich.

Bart keek Katz strak aan. 'Diegene die de trekker overhaalt, verdooft niet. Iemand anders moet ze verdoven, en op het moment dat hun poten het begeven, moet je ze doodschieten. Anders kan het beest in paniek raken en wegspringen en dan mis je. Als dat gebeurt moet je een paar keer schieten en dan wordt het een puinhoop.'

Een lange toespraak voor zijn doen. Op dreef geraakt door het onderwerp.

'Het klinkt als een klus voor twee personen,' constateerde Two Moons op vlakke toon.

Weer stilte.

'Inderdaad,' antwoordde Bart uiteindelijk.

'Vroeger deden we het samen,' zei Emma. 'Ik gebruikte de hamer en Bart het pistool. Zoals we alles samen deden toen we de boerderij nog hadden. Teamwork. Daar draait alles om. Daarom hebben we zo'n goed huwelijk.'

'Koeien zijn grote beesten,' zei Darrel. 'Om op gelijke hoogte te komen, zul je ergens bovenop moeten staan, nietwaar?'

'Waarom is dit ineens zo belangrijk?' vroeg Emma.

'Noem het maar nieuwsgierigheid, mevrouw.'

Ze wierp hem een boze blik toe.

Katz vroeg: 'Staat u daarbij op een ladder, meneer Skaggs?'

'Het dier zit in een box,' zei Bart. 'Goed opgesloten, zodat hij zich zo min mogelijk kan bewegen. Op onze boerderij was de bodem van de box lager dan de rest van het terrein. Je moest het dier over een talud laten lopen om binnen te komen. En daarbij gebruikten we dan nog opstapjes om hoog genoeg te staan.'

Een kleine man die zich groot voelde bij de slacht, dacht Katz bij zichzelf.

'Het is geen hogere wiskunde,' zei Emma kortaf. 'Jullie zouden je moeten schamen... Twee oude mensen het gevoel geven dat ze criminelen zijn.'

Two Moons haalde zijn schouders op. 'Ik zeg alleen maar dat ik behoorlijk link zou zijn geweest op Olafson. Die man heeft u het brood uit uw mond gestoten.'

'Erger dan dat. Hij pakte ons het brood af en heeft het toen verbrand. Hij wist heel goed dat we ons hoofd nauwelijks boven water konden houden en wilde gewoon zeker weten dat we zouden verdrinken.' Ze gebaarde met een armzwaai naar de kleine, overvolle kamer. 'Denkt u dat dit is hoe we willen leven? Het is over en uit met die man, en inderdaad, daar zal ik geen traan om laten. Maar ik kan u verzekeren dat we nog geen haartje op zijn hoofd gekrenkt hebben. Of hij nu dood of levend is, wij worden er niet beter van. De rechter heeft uitgesproken dat wij geen vee meer mogen hebben, einde verhaal.'

'Zoals u eerder zei,' pareerde Two Moons, 'was u met de groep in gesprek, totdat Olafson erbij kwam. Nu hij er niet meer is kunt u de zaak toch heropenen?'

'Waar moeten we het geld daarvoor vandaan halen?' Ze wierp een blik op Darrel. 'U bent van indiaanse afkomst, nietwaar? Ik heb Choctaw-bloed in me, ergens uit een ver verleden. Misschien hield ik er daarom zo van om op het land te werken. U zou moeten begrijpen wat ik bedoel. Die man beschuldigde ons ervan het land te verkrachten, maar hij heeft óns verkracht.'

'Wraak kan soms heel zoet zijn,' zei Katz.

'Dat is te idioot voor woorden,' viel Emma uit. 'Waarom zou ik de rest van mijn leven door hem laten verpesten? Ik heb mijn gezondheid nog, en Bart ook.' Er verscheen een plotselinge glimlach op haar gezicht. Lichtelijk vals. 'En daarbij krijg ik cheques van de regering van de Verenigde Staten van Amerika. Elke maand, of ik nou in mijn bed blijf liggen of niet. Geweldig toch? Zo zie je maar in dit beloofde land.'

Het echtpaar nam de rechercheurs mee naar buiten, naar het berghok achter de garage dat eruitzag alsof het ieder moment kon instorten. Het was stervenskoud daarbinnen, de kilte van de grond trok zo door je schoenen. Bart liet de rechercheurs het bewuste prikkeldraad en nog wat andere rommel zien, met daarbij ook een sleepas. Een groot, zwaar ding, roest op sommige plekken van de uiteinden. Voorzover de rechercheurs konden zien, kleefde er op dit moment geen bloed aan.

Zonder waarschuwing wikkelde Bart het verband van zijn hand en liet hij hun de rijtwond zien. Hij was een centimeter of vijf lang en liep van het weefsel tussen duim en wijsvinger naar zijn knokige pols.

Hij was dichtgenaaid met het dikste hechtdraad dat Katz ooit gezien had. De randen van de wond waren korstig, er kwam wondvocht uit de hechtingen, en de huid was opgezwollen en ontstoken. De snee zag eruit alsof hij een paar dagen oud was.

Katz vroeg naar de naam van de arts die zijn hand gehecht had.

Emma Skaggs lachte.

Bart antwoordde: 'U staat tegenover haar.'

'U, mevrouw Skaggs?'

'Ik en niemand anders.'

'Hebt u een verpleegstersopleiding gedaan?'

'Ik heb de opleiding voor echtgenote gedaan,' zei Emma. 'Ik lap hem al veertig jaar op.'

Bart grijnsde en duwde de wond onder de neuzen van de rechercheurs.

Emma zei: 'Ik heb nog hechtnaalden en draad van de boerderij. Dat heb je voor hem wel nodig. Hij heeft een huid als koeienleer. En ik heb ook antibiotica van de dierenarts. Het is precies hetzelfde als wat ze voor mensen gebruiken, alleen een stuk goedkoper.'

'Wat gebruikt u om te verdoven?' vroeg Katz. 'Hoewel... ik weet niet zeker of ik het antwoord op die vraag wel wil weten.'

'Een glas Crown Royal, negentig procent.' Bart barstte uit in een bulderend lachen.

Het duurde even voor hij weer tot bedaren kwam. 'Genoeg gezien, heren?' Hij begon zijn hand weer te omzwachtelen.

Darrel zei: 'Het ziet er een beetje ontstoken uit.'

'Precies, dat hebt u heel goed gezien: een béétje,' zei Emma. 'En van een beetje van het een of ander is nog nooit iemand doodgegaan.'

'In tegenstelling tot de heer Olafson,' zei Katz. 'Kunt u iemand anders bedenken die een hekel aan hem had?'

'Nee,' antwoordde Emma, 'maar als hij meer mensen heeft behandeld op de manier waarop hij ons behandeld heeft, dan moeten er nog heel wat rondlopen.'

Katz vroeg: 'Zou u er een probleem mee hebben als we iemand langs sturen om wat vingerafdrukken van u beiden te nemen?'

'Nee hoor, geen enkel probleem,' antwoordde Bart.

'Alsof we criminelen zijn,' mopperde Emma.

'Het is gewoon de standaardprocedure,' zei Two Moons.

'Die van hem moeten nog ergens in een dossier zitten,' zei Emma. 'Van zijn diensttijd in Korea. Die van mij zijn nooit genomen, maar doe wat u wilt. Kennelijk weten jullie niet wat jullie met je tijd aan moeten.'

Darrel zei: 'Ondertussen zou het een goed plan zijn als u beiden voorlopig even niet voor langere tijd de stad uit gaat.'

'Verdorie,' zei Emma. 'En we stonden nog wel net op het

punt om naar El Morocco of zoiets te vliegen.' Ze keek haar echtgenoot vragend aan. 'Hoe heet het daar ook alweer? Die plek waar ze gokken en van die apenpakjes dragen, net zoals in de James Bond films.'

'Monaco,' antwoordde Bart. 'Sean Connery speelt daar baccarat.'

'Precies,' zei ze. En toen, tegen de rechercheurs: 'Hij is altijd al gek geweest van films.'

Op de terugrit zei Katz: 'Hé, moeders, doe me maar een stevige whisky en naai me dan effe dicht.'

'Denk jij dat het onze daders zouden kunnen zijn?'

'Ze haatten hem er genoeg voor en ze weten precies hoe ze je een rake klap op je kop kunnen geven, maar als Ruiz goed zit voor wat betreft de hoek waarin de slag is toegebracht, dan zijn ze er gewoon te klein voor.'

'Misschien hadden ze een ladder bij zich?' Zelfs Darrel grijnsde bij het idee.

'En van die grappige clownsschoentjes en een bloem waar water uit spuit,' zei Katz. 'Als ze zo goed voorbereid waren geweest, dan hadden ze ook wel een wapen meegenomen. Het gebruik van een ter plekke opgepakt voorwerp duidt op een niet-voorbereide aanval. Ik neem aan dat kunstgaleries ladders bij de hand hebben om lijsten op te hangen en zo, dus theoretisch gezien zou er een klaar hebben kunnen staan. Behalve dan dat de plafonds in de galerie niet zo heel erg hoog zijn, en dat ik los daarvan absoluut niet voor me zie hoe een van hen beiden een ladder op zou kunnen klauteren om Olafson zijn hersens in te slaan.'

'Je hebt gelijk,' zei Darrel. 'Als die twee hem hadden willen vermoorden, dan zouden ze goed voorbereid te werk zijn gegaan. Maar wat dacht je van de zoon?'

'De accountant in Chicago? Hoezo?'

'Het kan zijn dat hijzelf geen vuile handen wilde krijgen, maar misschien heeft hij zich wel heel rot gevoeld over pa-

pa en mama die de boerderij kwijtraakten. Misschien heeft hij gedacht dat hij als collega-witteboordenman een goed gesprek met Olafson kon voeren. Als hij nu eens op het vliegtuig is gestapt voor een ontmoeting met Olafson en net zo te woord is gestaan als zijn moeder? Het een leidt tot het ander, Olafson wil hem kwijt, loopt weg op zijn welbekende arrogante manier, en Bart junior verliest zijn zelfbeheersing.'
Zijn welbekende arrogante manier. Alsof Darrel iets wist wat Katz niet wist. Katz zei: 'Beledig andermans moeder en je weet niet wat je overkomt. Laten we die zoon maar eens onder de loep nemen.'

7

Even buiten de stad kwamen ze in het staartje van een file terecht en om kwart voor twee waren ze weer op het bureau. Op de terugweg van Embudo naar Santa Fe waren ze langs de afslag naar de Santa Clara-nederzetting gekomen, maar Two Moons leek het niet gezien te hebben.

Niet dat het erg aannemelijk was dat hij erover zou beginnen. De enige keer dat Katz had geprobeerd een gesprek aan te gaan over de indiaanse achtergrond van zijn partner, was Darrel van onderwerp veranderd. Maar de volgende dag had hij een kleine beer van aardewerk meegenomen. Een beetje grof, maar het beestje zag er best leuk uit.

'Dit is waar mijn vader de laatste maanden van zijn leven aan werkte,' verklaarde Two Moons. 'Hij heeft er een stuk of vijfhonderd gemaakt, allemaal opgeslagen in dozen. Toen hij stierf kreeg ik ze van zijn pottenbakkersdocente. Ze zei dat hij er niet echt trots op was geweest, dat hij had willen wachten met het me te laten zien totdat hij het vak onder de knie had. Dat mijn goedkeuring belangrijk voor hem was.

Dus ze vond dat ik ze moest krijgen. Je mag hem houden als je wilt.'

'Hij ziet er leuk uit,' had Katz gezegd. 'Weet je het zeker, Darrel?'

'Ja hoor, houd hem maar.' Two Moons had zijn schouders kort opgehaald. 'Ik heb er een paar aan mijn dochters gegeven, maar hoeveel moeten ze er hebben? Als jij nog meer kinderen weet, ik heb nog ladingen van die dingen.'

Vanaf dat moment hield de beer Katz gezelschap bij het eten koken. Nou ja, bij het eten opwarmen. Hij stond naast het kookplaatje. Hij wist niet precies wat de beer symboliseerde, maar hij nam aan dat het iets te maken had met kracht.

De twee rechercheurs haalden voorverpakte belegde broodjes uit een machine op het bureau en typten de naam BARTON SKAGGS JUNIOR in op verschillende zoekmachines.

Geen strafblad, maar zijn naam werd wel een paar keer vermeld bij Google. Junior stond geregistreerd als partner van een grote firma in Chicago, en afgelopen zomer had hij een lezing gegeven over belastingontduiking. Na nog wat verder gezoek vonden ze zijn adres: een wijk aan de noordkust van de Loop, niet ver van Michigan Avenue.

'Mooie buurt,' zei Katz. 'Vlak aan het water, volgens mij.'

'Het uitmelken van cijfers levert zo te zien een stuk meer op dan het melken van koeien,' zei Two Moons. 'Laten we hem maar eens met een telefoontje vereren.'

Ze kregen Skaggs te pakken bij zijn accountantskantoor. Een beschaafd en goed opgeleid klinkende man, ieder spoor dat naar zijn afkomst verwees allang weggewerkt. Aan de oppervlakte leek hij niets gemeen te hebben met zijn ouders, maar tijdens het gesprek raakte hij steeds assertiever en de rechercheurs vingen een glimp op van zijn moeders felheid.

'Ik moet zeggen dat het me uitermate verbaast dat u de

betrokkenheid van mijn vader en moeder zelfs maar overweegt in deze context.'

'Dat is niet het geval, meneer,' zei Katz. 'We zijn alleen nog maar bezig met het winnen van inlichtingen.'

'Is één vervolging niet genoeg? Ze zijn financieel en emotioneel te gronde gericht, en nu verdenkt u ze van iets dergelijks afgrijselijks? Ongelooflijk. U zou goede raad opvolgen als u uw aandacht ergens anders op zou richten.'

'Wanneer bent u voor het laatst in Santa Fe geweest, meneer Skaggs?'

'Ik? Vorig jaar met Kerstmis. Hoezo?'

'Dus u onderhoudt geen nauw contact met uw ouders.'

'Zeer zeker onderhoud ik wel nauw contact met mijn ouders. We spreken elkaar regelmatig.'

'Maar verder geen bezoekjes?'

'Dat zeg ik u net, vorig jaar met de kerstdagen. We hebben een week... ik was met mijn gezin. Waarom wilt u...'

'Ik vroeg me alleen maar af,' zei Katz, 'of u Lawrence Olafson ooit ontmoet hebt.'

Het duurde even voor Barton Skaggs junior antwoordde: 'Nooit. Waarom zou ik?' Hij lachte wrang. 'Volgens mij is dit het meest zinloze gesprek dat ik in jaren heb gevoerd. En ik geloof dat dit een goed moment is om het te beëindigen.'

'Meneer,' zei Darrel, 'er is nog één ding waar ik erg nieuwsgierig naar ben. Uw ouders zitten financieel aan de grond. Voorzover ik heb kunnen zien, is het armoede troef op het moment. Maar u, aan de andere kant...'

'Verdient bakken geld,' reageerde Junior bijtend. 'Ik woon aan North Shore. Rij in een Mercedes. Mijn kinderen zitten op privé-scholen. Denkt u nu echt dat ik niet heb geprobeerd ze te helpen? Ik heb zelfs aangeboden ze hierheen te halen, een flat voor ze te kopen, ze te onderhouden, hoewel God mag weten hoe ze zich zouden moeten redden in de stad. Ik had graag een nieuw stuk grond voor ze gekocht ergens in New Mexico, ergens waar ze wat dieren konden houden en met rust gelaten zouden worden door die idioten van linkse activisten. Ze hebben mijn aanbod afgeslagen.'

'Waarom?'

'*Waarom?*' vroeg Junior ongelovig. 'U hebt ze ontmoet. U maakt mij niet wijs dat u zo, zo... onopmerkzaam bent. Wat denkt u? Ze zijn trots. Eigenwijs. Of misschien is het gewoon het eeuwige oude liedje. Zij zijn de ouders, ik ben het kind, zij hebben mij op de wereld gezet, ergo, ik ben degene die hoort te nemen. Niet andersom. En nu verzoek ik u om die mensen in godsnaam met rust te laten. Laat ze met rúst.'

De rechercheurs brachten de daaropvolgende uren door met uitzoeken of Barton Skaggs junior onlangs nog bezoekjes aan Santa Fe had afgelegd. Dit was niet meer zo eenvoudig na te gaan als voor 11 september; luchtvaartmaatschappijen waren schichtig geworden, dus raakten hun verzoeken om inlichtingen verstrikt in de bureaucratische wandelgangen. Ze werden doorverwezen van de ene naar de andere afdeling, hun oren gingen ervan tuiten. Maar ten slotte waren Katz en Two Moons er tamelijk zeker van dat Skaggs geen vlucht had gemaakt van Chicago naar Albuquerque of van enige andere stad in de *Midwest* naar enige andere stad in New Mexico. Noch had hij een privé-vliegtuig gebruikt om naar de luchthaven van Santa Fe te komen. Geen van de grotere hotels had zijn naam in hun registers staan.

'Ik geloof hem,' kondigde Katz aan.

'Hé,' zei Katz, 'hij kan ook nog met zijn Mercedes gekomen zijn. Dagen en dagen in zijn auto. Met al dat leer is dat niet eens zo'n zware opgave.'

'Nee, dat denk ik niet.'

'Waarom niet?' vroeg Katz.

'Ik denk gewoon van niet.'

'Inspiratie van een hogere macht, of zo?'

'Nee, ik kan me gewoon niet voorstellen dat hij zijn vrouw

en kinderen achter zou laten om helemaal naar Santa Fe te scheuren om Olafson een dreun op zijn kop te geven. En waarom dan nu pas? Het is gewoon niet logisch. Er moet een betere verklaring te vinden zijn.'

'Zeg jij het maar dan,' zei Katz.

'Wist ik het maar.' Two Moons krabde op zijn hoofd. 'En nu?'

Katz krabde ook op zijn hoofd. Het gebaar was besmettelijk. Hij zei: 'Laten we Doc maar eens bellen om te horen of hij al klaar is met de autopsie.'

Ruiz had de lijkschouwing afgerond, maar hij had niets nieuws te melden.

'Alles sluit aan bij mijn oorspronkelijke veronderstellingen. Eén verpletterende klap op zijn achterhoofd, je kunt precies zien waar de schedel de hersens in gedrukt is, heeft allerlei soorten schade aangericht.'

'U gaat er dus nog steeds vanuit dat de dader een grote man geweest moet zijn,' zei Two Moons.

'Of een kleine man op stelten.'

'En wat zegt het toxicologisch onderzoek?'

'Ik heb nog niet alle details binnen, maar ik kan jullie wel alvast zeggen dat er geen drugs of alcohol in zijn lichaam zijn aangetroffen.'

'Een zuiver bestaan,' zei Katz.

'De laatste tijd wel,' antwoordde dokter Ruiz. 'Ik heb wat oud cirroseweefsel aangetroffen op de lever, hetgeen duidt op een serieuze vorm van alcoholmisbruik in het verleden.'

'Een bekeerde alcoholist.'

'Of gewoon een man die had besloten te matigen.'

'Waar goede voornemens al niet toe kunnen leiden,' zei Two Moons.

Darrel belde zijn vrouw. Katz belde de galerie. Summer Riley nam op.

'Zit er al schot in de zaak?' vroeg ze.

'Nog niet, mevrouw Riley. Ontbreken er kunstwerken?'

'Ik ben net begonnen met de inventarisatie. Tot nu toe niet, maar hierachter staan stapels oningelijste schilderijen.'

'Heeft de heer Olafson u ooit iets verteld over een alcoholprobleem in het verleden?'

'Ja zeker,' zei Summer. 'Daar was hij heel openhartig over. Zoals over alles eigenlijk.'

'Wat heeft hij u daarover verteld?'

'Als we gingen lunchen en ik een glas wijn bestelde, dan kon Larry daar soms heel... verlangend naar kijken. Begrijpt u wat ik bedoel? Maar dan bestelde hij een spa rood. Hij heeft me verteld dat hij vroeger een alcoholprobleem had, dat het een van de redenen was dat zijn huwelijk is gestrand. Hij zei dat hij blij was dat hij hulp van buitenaf had gehad.'

'Van wie?'

'Van een of andere spirituele therapeut.'

'Was dat nog in New York?'

'Inderdaad,' antwoordde ze. 'Lang geleden.'

'Kunt u mij de naam van de heer Olafsons ex-vrouw geven?'

'Chantal. Chantal Groobman heet ze tegenwoordig. U weet wel, van Robert Groobman.' Stilte. 'U weet wel: Groobman and Associates? De investeringsbank? Hij is schathemeltjerijk!'

Wat een enthousiasme. Het bewees maar weer eens dat Katz het bij het rechte eind had. Het formaat deed er wel degelijk toe.

In het appartement van de familie Groobman aan Park Avenue werd opgenomen door een vrouw met een Brits accent. Gezien het huisnummer wist Katz precies waar het was: tussen 73rd en 74th Street. Hij stelde zich een appartement voor met tien kamers, hoge plafonds, een hooghartig dienstmeisje in uniform binnen, en een hooghartige portier in uniform buiten. Heel eventjes voelde hij een steek van heimwee.

'Mevrouw Groobman?'

'U spreekt met Alicia Small, haar persoonlijke assistente.'

Katz stelde zich voor en deed een poging tot wat hij een New Yorks babbeltje noemde. Een slecht begin. Alicia Small was niet in de stemming voor een vriendelijk praatje en reageerde ijzig. 'Mevrouw Groobman is op dit moment niet in staat uw telefoontje te beantwoorden.'

'Enig idee wanneer ze daar dan misschien wel toe in staat zal zijn?'

'Nee. Als ik haar spreek zal ik doorgeven dat u hebt gebeld.'

'Als u haar spreekt?' vroeg Katz. 'U bedoelt dat ze op dit moment de stad uit is?'

Stilte. 'Ze is de stad niet uit. Als u mij uw nummer geeft, dan zal ik haar laten weten...'

'Bent u zich ervan bewust dat haar ex-man vermoord is?'

'Terdege zelfs,' antwoordde Alicia Small.

'Hoe lang werkt u al voor "mevrouw"?'

'Drie jaar. Als dat alles is, meneer Katz...'

'Recherchéúr Katz.'

'Pardon. Recherchéúr Katz. Als u mij nu wilt excuseren...'

'Nee, eigenlijk niet. Ik heb de namen van de heer Olafsons kinderen nodig.'

'Ik ben niet gemachtigd familiezaken te bespreken.'

'Het is algemeen bekend.' Katz deed geen moeite zijn ergernis te verbergen. 'Waarom zou u mij het leven moeilijk maken?'

'Hoe weet ik dat u bent wie u zegt?'

'Hier is mijn nummer op het politiebureau van Santa Fe. U kunt terugbellen en navraag doen, maar laat het alstublieft niet te lang duren.'

Het was een aanbod dat de meeste mensen afsloegen. Maar Alicia Small zei: 'Kunt u dat nummer even voor me herhalen, alstublieft?'

Tijdens het tweede gesprek was ze net zo kil, maar berustte ze in haar lot. 'Wat wilt u weten?'

'De namen van de kinderen van het slachtoffer.'

'Tristan en Sebastian Olafson.'

'Hoe oud zijn ze?'

'Tristan is twintig en Sebastian drieëntwintig.'

'En waar kan ik ze vinden?'

'Meneer Katz, ik vind niet dat ik...'

'Recherchéúr...'

'Ja, ja, rechercheur Katz.'

Ze was uit haar humeur, maar dat was Katz ook. 'Juffrouw Small, het laatste waar ik me op dit moment druk over maak, is wat u denkt. Ik moet de jongens spreken.'

Er sloop een zucht over de lijn. 'Tristan studeert aan Brown University, en Sebastian reist door Europa.'

'Waar in Europa?'

'Italië.'

'Waar in Italië?'

'Venetië.'

'Waar in Venetië?'

'Het laatste bericht dat mij ter ore is gekomen, is dat hij in Hotel Danieli verbleef.'

'Vakantie?'

'Hij studeert aan het Peggy Guggenheim.'

'Kunstgeschiedenis?'

'Hij schildert,' antwoordde Alicia Small. 'Goedenavond, menéér Katz.'

Ze verdeelden de jongens van Olafson. Katz kreeg Tristan te pakken op zijn studentenkamer op Brown. De jongen had een zware, mannelijke stem en hij had via zijn moeder van de dood van zijn vader gehoord.

'Hebt u enig idee,' vroeg hij aan Katz, 'wie de dader is?'

'Nog niet. U?'

'Het kan iedereen zijn. Hij was niet bepaald geliefd.'

'Hoe kwam dat?'

'Hij was geen aardig mens.' Een cynisch lachje. 'Als u een heel klein beetje rondgevraagd had, dan had u dat al geweten.'

Katz negeerde de stoot onder de gordel en probeerde de jongen verder uit te horen, maar die had hem verder niets te melden. Hij leek absoluut niet aangeslagen door het verlies van een van zijn ouders. Toen Katz opgehangen had bedacht hij zich dat Tristan zijn vader niet één keer anders had genoemd dan 'hij'.

Two Moons vertelde Katz dat hij Sebastian gesproken had. Hij lag te slapen op zijn kamer in het Danieli.

'De knul was link. Niet alleen omdat ik hem wakker belde. Eerder alsof ik hem lastigviel met mijn vragen over Olafson. Hij zei dat zijn vader een gemeen mannetje was geweest.'

'Hetzelfde verhaal als zijn andere zoon.'

'Een hecht gezinnetje.'

'Populair slachtoffer,' zei Katz. 'Dit kan nog lachen worden.'

Om zeven uur 's avonds vonden ze het welletjes geweest. Op het moment dat ze hun jassen aantrokken, rinkelde de telefoon. Het was Chantal Groobman die terugbelde en een bericht insprak. Stomverbaasd rende Katz terug naar zijn bureau. Hij en Darrel pakten tegelijkertijd de beide hoorns op.

'U spreekt met rechercheur Steve Katz. Hartelijk dank dat u zo snel terugbelt, mevrouw.'

'Waarmee kan ik u van dienst zijn, rechercheur Katz?'

Ze klonk als een vriendelijke vrouw, met een heldere, aardige stem. Na afgepoeierd te zijn door haar assistente, had hij niet verwacht iets van deze vrouw te horen.

'Alles wat u ons over uw ex-man kunt vertellen zou welkom zijn, mevrouw.'

'Arme Larry,' zei ze. 'Hij had zelden kwaad in de zin,

maar op de een of andere manier presteerde hij het elke keer weer om mensen tegen zich in het harnas te jagen. Misschien was dat een onderdeel van zijn zucht naar aandacht. Voor de rest was alles strategie. Vroeger, toen hij net begon in het kunstwereldje, ontdekte hij dat mensen onzeker worden van kunst, zelfs als ze puissant rijk zijn. Hij werd meester in subtiele intimidatie. Hij was ervan overtuigd dat een zekere mate van verwaandheid zijn carrière een opwaartse zet zou geven.'

'Kunstkopers houden ervan om slecht behandeld te worden?' vroeg Katz.

'Sommigen wel, anderen niet. De kunst is om direct goed in te schatten wie er verbaal mishandeld wil worden en bij wie je moet slijmen. Larry was daar goed in. Maar zelfs de beste danser stapt wel eens mis. Hebben jullie al een verdachte?'

'Nog niet.'

'Arme Larry,' zei ze nog een keer. 'Hij dacht werkelijk dat hij onsterfelijk was.'

'Sorry dat ik dit vraag, mevrouw, maar was de agressieve houding van de heer Olafson de reden dat u gescheiden bent?'

'Deels, ja,' antwoordde Chantal Groobman, 'maar de belangrijkste reden lag in het feit dat we ontdekten dat hij zijn twijfels had.'

'Waarover?'

'U mag drie keer raden, rechercheur Katz.'

Een hese lach. *Zoals Valerie in tijgerinnenstemming.* Katz zei: 'Zijn geaardheid.'

'Inderdaad. U hebt een New Yorks accent. Komt u hiervandaan?'

'Ja zeker, mevrouw.'

'Wat zijn wij New Yorkers toch scherpzinnig.'

'En toen,' vroeg Katz, 'besloot de heer Olafson uit de kast te komen?'

'In die tijd was hij ernstig op zoek naar zichzelf. U zult me meer over zijn recente liefdesleven kunnen vertellen dan ik u. Ik heb Larry in geen jaren gezien. Mijn zoons ook niet. Ik weet dat u contact met ze opgenomen hebt en ik neem aan dat dat noodzakelijk was, maar ik zou graag willen dat u ze verder met rust liet. Ze zijn erg van streek over Larry's dood.'

'Met alle respect, mevrouw,' zei Katz, 'maar ze klonken niet alsof ze erg van streek waren.'

'U kent ze niet, rechercheur Katz. Ik ben hun moeder.'

'Hoe was hun contact met hun vader?'

'Ze verachtten hem. Toen ze nog klein waren, negeerde Larry ze. Rond hun pubertijd schonk Larry ze wel aandacht, maar vrijwel alleen maar in de vorm van kritiek. Larry kon nogal scherp zijn. Hoe dan ook, het ontbreken van een vaderlijke band had niets te maken met Larry's dood. Tristan was gisteren bezig met zijn examens aan Brown, en die verklaring wil ik met alle plezier schriftelijk ondersteunen. Hetzelfde geldt voor Sebastian, die aan het werk was in het Guggenheim, zoals dat al vier maanden het geval is, in het volle zicht van zijn werkgevers en collega's.'

'U hebt uw huiswerk goed gedaan, mevrouw Groobman.'

'Een ouder, een échte ouder, doet dat.'

'Wanneer begon bij de heer Olafson de twijfel over zijn seksuele geaardheid toe te slaan?'

'Die twijfel heeft altijd bestaan, rechercheur. Het punt was alleen dat ik te dom was om dat in te zien. De problemen begonnen toen Larry het zelf ontdekte.'

'Is dat het moment geweest dat hij begon te drinken?'

'Zo,' zei ze, 'dat weet u dus al. Heeft Larry een terugval gehad?'

'Tijdens de autopsie is oud littekenweefsel aangetroffen op zijn lever.'

'O,' reageerde Chantal Groobman. 'Wat... naar.' Haar stem haperde daadwerkelijk tussen de twee woorden.

'De heer Olafson heeft aan vrienden verteld dat hij hulp heeft gekregen van een spiritueel therapeut.'

'Is dat hoe hij hem omschreef?' zei ze. 'Ik heb dr. Weems nooit als bijzonder spiritueel beschouwd. Eerder als een soort van religieuze... begeleider.'

De naam kwam Katz bekend voor, maar hij wist zich niet te herinneren waarvan. 'Waarin had hij een doktersgraad?'

'Dat zou ik u niet kunnen vertellen. Larry sprak er niet over en ik vroeg er nooit naar.'

Toen schoot het Katz te binnen: het schilderij in Olafsons huis. Kleine kinderen, dansend om een meiboom. Gesigneerd door Michael Weems. Hij vroeg: 'Zou het kunnen zijn dat dokter Weems misschien op een ander vlak aansluiting zocht bij uw ex?'

'Hoe bedoelt u? Op seksueel gebied?' Ze lachte. 'Dat lijkt me niet.'

'Nee, op het gebied van bemiddeling. Hij als kunstenaar en uw man als galeriehouder.'

'Weems, kunstenaar?' Opnieuw die lach. 'U houdt me voor de gek! Daar geloof ik niets van.'

'Waarom niet, mevrouw?'

'Myron Weems was wel de laatste persoon op aarde van wie ik had verwacht dat hij kunstzinnige neigingen zou krijgen.'

'Ik had het over Michael Weems,' zei Katz.

'O... ja, natuurlijk. Nu begrijp ik uw verwarring. Inderdaad, Michael Weems is inderdaad een grote naam op kunstgebied. En het is een vrouw, rechercheur. Myron was haar echtgenoot.'

'Was?'

'Het zoveelste gestrande huwelijksbootje. Ondanks Myrons zogenaamde godsvruchtigheid.'

'Een kunstenares en een dominee. Interessante verbintenis.'

'Ze komen uit Nebraska,' vertelde ze. 'Of in ieder geval

uit een dergelijk nietszeggend oord. Boers volk. Zaten allebei op de bijbelschool. Michael had talent en kwam naar New York, want waar moet je anders met je talent naartoe? Ze maakte behoorlijk snel naam; ze is echt heel goed. Myron volgde in haar kielzog en probeerde tot de hogere kringen door te dringen.'

'Geestelijk adviseur op het gebied van kunst?' vroeg Katz.

'Ja, zoiets. Tot hij besloot dat het wereldje hem niet aanstond, echtscheiding aanvroeg en terugging naar Nebraska. Of welke staat het dan ook was.'

'Maar niet voordat hij de heer Olafson hulp had geboden.'

'Als dat is wat Larry aan de mensen vertelde, dan zal het zo zijn. En nu moet ik helaas ophangen, rechercheur. Ik ben al te laat voor een verplichting.'

Klik.

Katz had nog een paar vragen voor haar, maar toen hij haar terugbelde kreeg hij het antwoordapparaat aan de lijn.

Katz en Two Moons deden een tweede poging te vertrekken en bevonden zich boven aan de trap naar beneden toen Bobby Boatwright ze van het andere eind van de gang toeriep: 'Luister!'

Hij was erin geslaagd tot Olafsons computer door te dringen en hij bracht verslag uit aan de beide rechercheurs.

'Geen bijzondere veiligheidsmaatregelen of pogingen daartoe. Hij gebruikte OLAFSONART als wachtwoord. Hij had weinig te verbergen. Onder FAVORIETEN zitten een paar websites met richtlijnen voor de huidige prijzen van kunst en die van de voornaamste veilinghuizen, verder wat porno, voornamelijk homo, maar ook hetero, en een aantal restaurantgidsen van New York. Hij heeft een effectenrekening bij Merrill Lynch, aandelen en obligaties, ter waarde van iets meer dan twee miljoen dollar. Voorzover ik heb kunnen nagaan, is de waarde gedaald sinds het einde van de IT-hausse, maar nu weer aan het stijgen.'

'En hoe zit het met zijn zakelijke financiën?' vroeg Two Moons.

'Die zitten niet in de computer,' antwoordde Bobby. 'Probeer dat maar bij zijn accountant.'

Het was acht uur 's avonds, te laat om nog iemand te bellen. Ze waren werkelijk helemaal niets opgeschoten. Het zou niet lang meer duren voordat de hoge pieten, tot aan de hoofdcommissaris toe, vragen zouden gaan stellen. Two Moons wist dat dit alles veel ruimte in beslag zou gaan nemen in de *Santa Fe New Mexican*, het plaatselijke dagblad waarvan het sportkatern net zo uitgebreid was als het nieuwskatern. (Toen zijn vader hem had verteld dat het plaatselijke team de Isotopen heette, dacht Darrel echt dat zijn oude heer hem voor de gek hield.) Een zaak van dit niveau zou zelfs voorpaginamateriaal zijn voor het *Albuquerque Journal*. Hij hoopte maar dat de meisjes daar geen last van zouden krijgen. Al hun vriendjes wisten waar pa zijn geld mee verdiende.

Ze stapten de koude avondlucht in en liepen naar hun auto's.

Darrel zei: 'Er is iets wat je moet weten. Ik heb... ik weet niet hoe ik het moet noemen, een aanvaring, denk ik, gehad met Olafson.'

'O ja?' reageerde Katz.

'Ja.' Two Moons vertelde hem het verhaal.

Katz zei: 'Ik zou ook link geweest zijn.'

'Ja, nou ja, ik vond gewoon dat je het moest weten.'

Katz glimlachte. 'Het lijkt me niet van belang, partner. Tenzij jij hem vermoord hebt.'

'Als ik hem vermoord had, dan was zijn lijk nooit gevonden.'

'Da's nou raar.' Stilte. 'Eerlijk gezegd was dat precies wat ik dacht.'

Two Moons glimlachte voorzichtig.

Een paar passen verder zei Katz: 'Nu we toch aan het biechten zijn, heb ik er ook eentje voor jou: Valeries naam staat in Olafsons palmtop.'

'Ze is kunstenares,' zei Darrel. 'Ik neem aan dat er een logische verklaring voor is.'

'Ze dénkt dat ze kunstenares is, Darrel. Je hebt haar werk toch gezien?'

'Dat is waar.'

'Eigenlijk,' vervolgde Katz zijn verhaal, 'maak ik de laatste tijd uit de manier waarop ze praat op, dat ze het zelf niet eens meer gelooft. Olafson zat aan de top. Hij zou nooit zelfs maar overwogen hebben haar te vertegenwoordigen.'

'Dan moet er dus een andere reden zijn dat ze in zijn adressenbestand staat,' zei Darrel.

'Precies,' zuchtte Katz. 'Ik was van plan naar haar toe te gaan om het er met haar over te hebben. Dat wilde ik eigenlijk eerst doen, voordat ik het jou vertelde. Ik verwacht namelijk niet dat het om iets belangrijks gaat.'

'Goed plan.'

'Ik wil niet dat je denkt dat ik iets voor je achter heb gehouden, of zo.'

'Dat denk ik helemaal niet.'

'Gelukkig,' zei Katz. 'Ik was van plan het morgen te doen, maar bij nader inzien kan ik net zo goed nu gaan. We kunnen samen gaan als je wilt?'

Two Moons zei: 'Als je het niet erg vindt, ga ik nu liever naar huis.'

'Geen probleem, Darrel. Ik kan dit ook alleen af.'

'Ja, beter zelfs.'

8

Zittend in zijn Toyota, met een stationair draaiende motor en blazende verwarming, probeerde Katz Valerie thuis te bellen. Haar antwoordapparaat nam op en niemand onderbrak hem toen hij zijn naam insprak. Vervolgens reed hij naar het Plaza, parkeerde op de kelderverdieping van de bewaakte parkeerplaats bij Hotel La Fonda, en wandelde naar de Sarah Levy Galerie. Op het bordje aan de deur stond dat ze gesloten waren, maar door de vele ramen scheen volop licht en hij zag Sarah achter haar bureau zitten, tussen schitterend zwart-op-zwart aardewerk uit San Ildefonso en een opstelling Cochiti pueblo-vertolkers met gapende monden. Een leesbrilletje op het puntje van haar neus. Katz tikte zachtjes op de deurpost. Sarah wierp een blik over haar bril en kwam glimlachend aangelopen om de deur te openen.

'Dag, Steve.'

'Ben je aan het overwerken, Sarah?'

'Altijd.' De eigenaresse van Santa Fe's beste verkooppunt voor pueblo-aardewerk was vijfenvijftig, broodmager en charmant, met een gordijn van blauwachtig wit haar tot op haar welgevormde achterwerk en een hartvormig gezicht dat geen make-up nodig had. Haar man was plastisch chirurg en het verhaal ging dat ze zeker gebruik had gemaakt van zijn diensten. Katz wist dat dat niet waar was. Sarah had gewoon een van nature jonge huid.

'Is Val in de buurt?'

'Nee, maar ik denk dat je wel kunt raden waar ze zit.' Ze maakte een hoofdknikje naar de straat.

'Oké, dank je.'

'Niets te danken, Steve.' Ze raakte zijn mouw kort aan. 'Toen ze hier wegging was ze in een goed humeur.'

Een waarschuwing dat hij haar misschien ergens bij zou storen.

'Ik zal mijn best doen dat zo te laten.'

Het was niet ver lopen naar de Parrot Bar. De kroeg zat aan San Fransisco Street, tussen een archeologisch winkeltje en een boetiek waar ze alleen maar witte kleding verkochten. Vanavond speelde er een Doobie Brothers-coverband, en de dreunende bassen waren op straat te horen. *Oh, oh, oh... listen to the music.* Op de stoep rechts van de ingang zaten drie bikers bier te drinken. Een overtreding en bijna iedereen wist dat Katz bij de politie werkte. Ze wisten ook dat hij zich er niet in het minst druk over maakte. De bikers groetten hem bij naam en hij tikte met zijn rechterwijsvinger tegen zijn slaap als antwoord.

Hij baande zich een weg door een drinkende en de shimmy dansende menigte naar de overdadig geverniste bar waaraan hij Val zonder twijfel aan zou treffen.

En inderdaad, daar zat ze, op een kruk in het midden van de bar, in een zwart haltertopje en een spijkerbroek en laarzen. Opgesloten tussen twee mannen met paardenstaartjes en gekromde ruggen. Het oude bontjasje dat ze 's winters altijd aanhad was van haar schoot gegleden en lag als een hoopje op de grond.

De paardenstaart links had grijs haar en een miezerig baardje. Zijn hand rustte op Valeries blote rug, gedeeltelijk de tatoeage van een gladiool bedekkend die ze afgelopen zomer genomen had. Meneer Paardenstaart rechts had een over zijn riem puilende bierbuik. Zijn plompe vingers bewogen over Vals achterwerk, maar het scheen haar niet op te vallen.

Een stevig achterwerk, zag Katz. De vier kilo te veel was uitgegroeid tot acht kilo. Nog steeds verdeeld over de juiste plekken, maar de huid op haar rug was kwabbig aan het worden en puilde een beetje over de rand van haar topje.

Ze had haar haren laten knippen. Heel kort, bijna mannelijk. En toen ze zich omdraaide zag Katz het losse vel onder haar kin, het begin van een onderkin. Bleek, zoals altijd. Ziekelijk bleek zelfs, in het harde licht van de bar, maar dat alles deed er niet toe. Mannen kwamen als vliegen op haar af. Dat was altijd zo geweest en zou altijd zo blijven. En niet omdat ze sletterig was. Dat was ze niet. In bepaalde opzichten was het de kieskeurigste vrouw die Katz ooit had gekend.

Misschien lag het aan haar onvoorspelbaarheid.

Haar lichaam, vol en rond en, laten we eerlijk zijn, kwabbig, straalde een bedwelmende seksuele belofte uit, en of het een nu tot het ander zou leiden was de grote vraag. Zo was ze altijd geweest, zelfs in de tijd dat ze nog met Katz getrouwd was.

Dat was het, besloot hij. Val was mysterieus.

Neurotisch, bits, afstandelijk, geplaagd door aanvallen van minderwaardigheidsgevoel die gevoed werden door een onvervalst gebrek aan talent, maar ze kon ook slim en grappig en aardig zijn als ze dat wilde. Of een tijgerin, als ze daarvoor in de stemming was.

De vent aan haar rechterhand liet zijn hand onder haar billen glijden. Ze wierp haar hoofd achterover, lachte, en maakte zich van hem los. Raakte zijn neus even aan met een puntige, roze gelakte nagel.

Katz liep op haar af en pakte haar bontjasje van de grond. Tikte zachtjes op haar schouder. Ze draaide zich om en zei onhoorbaar 'Jij' boven het met veel decibellen gebrachte 'China Grove'.

Geen enkele verbazing in haar reactie. Ook geen irritatie trouwens.

Alleen maar 'Jij'.

Katz maakte zichzelf wijs dat ze blij leek hem te zien.

Stak het jasje naar haar uit. Wees naar de grond.

Ze glimlachte, knikte, pakte het bontjasje aan. Ze gleed van haar kruk en verstrengelde haar vingers met die van Katz en staarde hem diep in zijn ogen.

De idioten aan de bar bleven perplex achter toen zij en Katz wegliepen.

Valerie trok haar jasje pas aan toen ze al lang en breed buiten stonden en een half blok van de Parrot Bar waren. Haar bleke schouders waren bedekt met kippenvel. Hetzelfde gold voor haar decolleté. Witte borsten die vrij bungelden. Katz vocht tegen de drang een arm om haar schouders te slaan en haar te behoeden voor de kou en al het andere.

Onder het lopen zei ze: 'Je loopt te fantaseren, Steve.'

Hij trok zijn wenkbrauwen op.

Ze bleef staan en spreidde haar armen. 'Geef me eens een knuffel. Een dikke.'

Hij voldeed aan haar verzoek en ze beet zachtjes in zijn oor, fluisterend: 'Je ziet er goed uit, ex-man van me.'

'Jij ook, ex-vrouw.'

'Ik ben een dikke zeug.'

'Helemaal niet. Jullie vrouwen ook altijd met je vertekende zelfbeeld en...'

Ze bracht hem tot zwijgen met een vinger op zijn lippen. 'Doe niet zo aardig, Steve. Anders ga ik straks nog met je mee naar huis.'

Hij deed een stap achterwaarts en keek in haar diepbruine ogen. Er zaten een paar puistjes op de ruimte tussen haar geëpileerde wenkbrauwen. Nieuwe rimpels in haar ooghoeken. Zijn ogen zagen het allemaal, maar zijn hersens registreerden niets. Het enige wat hij zag was mysterie.

Ze liepen verder. 'Zou dat zo erg zijn dan?' vroeg hij.

'Wat?'

'Als je met me mee naar huis ging?'

'Waarschijnlijk wel,' antwoordde ze. 'Laten we het maar niet uitproberen.'

Ze versnelde haar tempo, door haar mond ademend en wolkjes uitblazend. Hij haalde haar in. Ze kwamen bij het park in het centrum van het Plaza. Op warme avonden hingen hier pubers rond, soms dronken en meestal lawaaiig. Af en toe namen de daklozen bezit van de bankjes, totdat de politie alles weer schoonveegde. Vanavond was het uitgestorven, op hen beiden na. Het Plaza schitterde met kerstlampjes, zilverblauwe sneeuwhopen, honderden diamanten sterren en pure magie. Te veel vrolijkheid voor een man die op een opslagterrein woonde. Katz voelde zich ineens verdrietig.

Valerie zei: 'Dit heeft zeker met Olafson te maken.'

'Hoe wist je dat?'

'Omdat Olafson dood is en ik weet wat je doet voor de kost. Vertel op, Steve. Ben je mijn naam ergens tegengekomen?'

'In zijn palmtop.'

'Dat bedoel ik,' zei ze en ze wreef in haar handen. 'Ik had ook best rechercheur kunnen worden.'

Ze liet zich op een van de bankjes zakken en begroef haar stijve vingers in de zakken van haar jasje. 'En net zat ik nog in een lekkere warme kroeg te genieten van al die mannelijke aandacht.'

'Laten we ergens naar binnen gaan,' zei Katz. 'We kunnen in mijn auto gaan zitten, dan zet ik de verwarming aan.'

Glimlachend zei ze: 'En gaan we dan zoenen?'

'Hou daar nu maar mee op,' zei hij, zelf verrast over de boosheid in zijn stem.

'Nou, sorry dat ik je heb beledigd, hoor.' Ze kruiste haar armen voor haar borst. Met op elkaar geperste lippen en een blik die ijziger was dan de buitenlucht.

'Het spijt me,' zei hij. 'Ik ben al vierentwintig uur aan het werk en heb bijna niet geslapen.'

'Dat is je eigen keuze, Steve.'

'Het spijt me, Val. Goed? Laten we overnieuw beginnen.'

'Ja hoor,' antwoordde ze. 'En als we daar dan toch mee bezig zijn, laten we dan meteen zorgen voor wereldvrede.' Ze draaide zich om en bestudeerde zijn gezicht, met een blik op haar gezicht die hem deed afvragen of ze op het punt stond te gaan huilen. Wat nu weer?

'Val...'

'Ben jij de laatste tijd nog wel eens naar Bandelier geweest, Steve?'

'Nee, al een tijdje niet,' antwoordde hij. Op vrije dagen reed hij soms naar het nationale park en mocht dan gratis naar binnen van de opzichter; een onderling gebaar van het ene uniform naar het andere. Als er toeristen waren ging hij wandelen. Op rustige dagen klom hij gewoon via een ladder een van de oude Anasazi-grotten in en bleef daar dan urenlang staren naar de ruïnes van de oude pueblomarkt in de diepte. Two Moons zou hem uitgelachen hebben, maar daar voelde Katz zich echt één met de aarde. Hij had het park vlak na zijn echtscheiding ontdekt, toen hij doelloos door de woestenij gereden had. In tegenstelling tot de Big Apple was New Mexico vergeven van ruimte.

Hij kon zich niet herinneren dat hij Valerie ooit iets had verteld over zijn tochtjes naar Bandelier. Maar aan de andere kant kon hij zich ook niet zo goed herinneren waar hij het dan wél met haar over had gehad.

Ze zaten voor wat een eeuwigheid leek op het bankje. Toen nam ze zijn gezicht ineens tussen haar handen en kuste hem heftig. Koude lippen en een warme tong.

Toen ze zich terugtrok, zei ze: 'Kom, we gaan naar mijn huis.'

Val haalde haar vw-busje op vanachter de galerie, en hij volgde haar wispelturige weggedrag naar haar eenkamerstudio aan een naamloos steegje dat grensde aan Paseo de Peralta, niet ver van de plek van de moord. Ze woonde in het gastenverblijf van een groot natuurstenen landgoed van een echtpaar uit Californië dat zelden naar Santa Fe kwam. Val werd geacht klein onderhoud te verrichten. Het grootste deel van de tijd had ze het door coyotes bewaakte, achtduizend vierkante meter grote terrein helemaal voor zichzelf. Op een keer had ze Katz meegenomen naar het grote huis en daar de liefde met hem bedreven in het grote hemelbed, omgeven door foto's van de kinderen van de eigenaren. Naderhand wilde hij opruimen, maar ze had hem gezegd daarmee op te houden, dat ze dat later zelf zou doen.

Ze parkeerden hun auto's naast elkaar op het grindpad. Valerie had haar voordeur onafgesloten achtergelaten en ze schoof hem open. Katz onderdrukte de neiging om haar te berispen en liep achter haar aan naar binnen, de koude Sam Adams aanpakkend die ze hem toestak. Ze ging op haar bed zitten en Katz probeerde de afschuwelijke abstracte schilderijen te negeren die als vlekken door de hele kamer hingen.

Ze kwam overeind, ging een paar centimeter voor hem staan, ontdeed zich snel van haar kleren, en zei: 'Waar wacht je op?'

Een goede vraag. Het was hard en snel en geweldig, en Katz moest zijn kaken op elkaar klemmen om het niet uit te schreeuwen.

Later, naakt in bed, zei ze: 'Ik stond in zijn palmtop omdat hij achter me aan zat.'

'O,' zei Katz.

'Niet voor de seks,' zei ze. 'Nou ja, dat ook. Hoewel hij voornamelijk homo was. Maar niet helemaal. Hij viel ook op vrouwen, zoiets voel je als vrouw gewoon. Maar hij zat achter me aan omdat hij wilde dat ik bij Sarah weg zou gaan en voor hem kwam werken.'

'Waarom?'

'Omdat ik een genie ben,' zei ze lachend. 'Hij had plannen met pueblo-aardewerk. Hij vertelde me dat indiaanse kunst aan de oostkust helemaal hot was. Met zijn contacten in New York zou hij drie keer zoveel omzet kunnen maken als Sarah. Hij wilde zich ook op internet gaan richten, was van plan om goedkopere kunst via biedingen te verkopen en het duurdere spul op in kunst gespecialiseerde e-commercesites te zetten, en daarvoor dan weer te adverteren op zijn eigen website. Hij had grote plannen voor de markt, zei dat Sarah het over een halfjaar zou gaan voelen en dat ze nog eens zes maanden later helemaal weg zou zijn.'

'Wat een aardig mannetje.'

'Een vreselijke vent.' Val trok een cirkeltje rond Katz' linkertepel. 'Ik geloof dat dat hem de grootste kick gaf. Niet het slagen van zijn plannetje, maar het kapotmaken van Sarah.'

'En wat bood hij jou als je zou komen?'

'Anderhalf keer zoveel salaris als nu, en op termijn zou ik zijn compagnon worden. Dat van dat salaris, dat geloofde ik wel, in ieder geval in het begin, maar dat van dat compagnonschap was natuurlijk totale onzin. Hij zou me alleen maar gebruikt hebben om alles op te zetten, en me dan vervolgens hebben ingeruild voor de een of andere jaknikker.'

'Dus je hebt zijn aanbod afgewezen.'

'Ik heb tegen hem gezegd dat ik erover zou nadenken. En vervolgens heb ik hem genegeerd.' Ze speelde met de snor van Katz. 'Een week later liet hij een berichtje voor me achter. Ik heb niet teruggebeld. Een paar dagen daarna belde hij weer. Ik zei tegen hem dat ik er nog steeds over nadacht. Hij reageerde een beetje opgeblazen, echt zo'n vent die gewend is altijd zijn zin te krijgen. Zijn derde telefoontje kwam pas drie weken later. Ik zei tegen hem dat ik bezig was met een klant en dat ik hem terug zou bellen. Toen ik dat uiteindelijk deed, was hij supergepikeerd. Of ik soms niet wist wie hij was. En of ik niet wist wat hij allemaal met me zou kunnen doen.'

Ze liet zich achterovervallen, waarbij haar zware borsten plat naar buiten zakten. 'Ik heb zijn spelletje niet meegespeeld. Ik ben heel lief gebleven en zei dat ik zijn genereuze aanbod had overwogen en dat het daar voorlopig bij zou blijven. Hij was zo geschokt dat hij ophing zonder verder nog een woord te zeggen. Niet veel later zag ik hem op het

Plaza, hij kwam mijn kant op gelopen. Hij zag mij ook en stak toen snel de straat over.'

'Waarom heb je niet gewoon nee tegen hem gezegd?' Ze grijnsde. 'Je kent me toch, Steve. Je weet hoe ik met mannen omga.'

Ze maakte een eenvoudige spaghetti met tofoeworstjes, en zwijgend aten ze de maaltijd. Terwijl Katz de afwas deed, zag hij haar opvallend gapen.

Hij trok de ochtendjas uit die ze hem gebracht had, een oude van hemzelf. De badstof was doortrokken van geurtjes van andere mannen. Het stoorde hem niet. Hij was nu zelf een van die andere mannen.

Hij kleedde zich aan en kuste haar welterusten. Lief en zedig zonder belofte voor de toekomst. Hij reed naar zijn huisje op het opslagterrein en vermoedde dat hij die nacht lekker zou slapen.

9

Beide rechercheurs sliepen uit en waren tegen tienen op het bureau. In hun postbakje lag eenzelfde mededeling: een afspraak met hoofdcommissaris Bacon over een uur.

Die bijeenkomst duurde twee minuten: de hoofdcommissaris wilde weten hoe het ervoor stond, Two Moons en Katz zeiden dat ze nog niets hadden. Het slachtoffer had veel te veel potentiële vijanden.

'Ziet het ernaaruit dat we deze zaak gaan oplossen?'

'Misschien,' zei Two Moons, 'maar misschien ook niet.'

Ze dacht even na. 'Dat zou niet fijn zijn, maar ik verwacht niet dat het consequenties zal hebben. Niet voor wat het toerisme betreft, en ook niet voor wat het veiligheidsgevoel van de burgers betreft. Juist vanwege het feit dat hij zoveel vijanden had, kan het worden afgedaan als een persoonlijke afrekening.'

Geen van beide rechercheurs zei iets.

Hoofdcommissaris Bacon zei: 'Niet dat ik het somber inzie, heren. Goed, vooruit, doe wat jullie moeten doen.'

Wat was het eigenlijk dat ze moesten doen? Two Moons vroeg het zich hardop af.

Katz zei: 'Laten we even checken of de vingerafdrukken van de familie Skaggs inderdaad niets opgeleverd hebben.'

'Die uitslagen zouden we morgen krijgen.'

'Waarom niet vandaag?'

'Je kent ze toch? Ze hebben altijd wel een smoesje.' Two Moons belde de technische dienst en vroeg of ze er vaart achter konden zetten. Hoofdschuddend hing hij op.

'Op dit moment besteden ze al hun tijd aan een verkrachting in Bernalillo.'

'Met verkrachting bedoelen ze moord?' vroeg Katz.

'Het slachtoffer was twaalf en woonde met haar alcoholverslaafde moeder in een tweekamerflatje. De klootzak is haar slaapkamer binnengeslopen. Waarschijnlijk de een of andere ex-vriend van de moeder; daar schijnen er nogal wat van rond te lopen.'

Katz vertelde hem Valeries verhaal over Olafson die achter Sarah Levy's handel aan had gezeten.

Two Moons zei: 'Misschien heeft Sarah zijn hersens ingeslagen.' Hij pakte een potlood op, ontspande de spieren in zijn pols en maakte een zwakke hakbeweging.

'Haar man zou het gedaan kunnen hebben,' zei Katz.

'Wie is haar man?'

'Dokter Oded Levy. Plastisch chirurg. Maar ook Israëliër die daarginds in het leger heeft gediend. En niet te vergeten: een grote vent.'

'Opvliegend karakter?' vroeg Darrel.

'De keren dat ik hem ontmoet heb niet. Maar dat is altijd onder plezierige omstandigheden geweest. Je weet wel, van die sociale avondjes.'

'Dus jij mag chirurgen tot je vriendenkring rekenen?'

'Vroeger,' antwoordde Katz, 'toen Val net voor Sarah werkte, heeft Sarah haar een keer uitgenodigd voor een etentje bij hen thuis. Val had een partner nodig voor die avond, en toen vroeg ze of ik met haar meeging.'

'Klinkt leuk.'

Dat was het niet. Val had de hele avond met een orthopeed geflirt. Niet veel later had ze een relatie gekregen met die knokendokter.

Katz zei: 'Later kwam ik hem nog wel eens tegen. Je kent het wel: als je iemand eenmaal ontmoet hebt, dan lijkt het wel alsof je elkaar ineens telkens tegenkomt. Hij kwam altijd nogal zachtmoedig op me over. Hij is overigens jonger dan Sarah.'

'Dus?'

Katz stak zijn handen met naar boven gekeerde palmen omhoog en haalde zijn schouders op. 'Niets. Die keer bij ze thuis leek hij erg verliefd.'

'Het is een prachtige vrouw,' zei Two Moons. 'Ik weet nog goed hoe link ik was toen Olafson iets lelijks over mijn vrouw had gezegd. Wie weet hoe een Israëlische ex-militair reageert als hij erachter komt dat Olafson van plan is de handel van zijn vrouw om zeep te helpen.'

De praktijk van dokter Oded Levy besloeg de volledige begane grond van een gezondheidscentrum aan St. Michael's, ten oosten van Hospital Drive en grenzend aan de zuidkant van St. Vincent Hospital. De wachtkamer was leeg en smaakvol ingericht, met boterkleurige leren banken en indiaanse tapijten op met brede vloerdelen gelegde eiken vloeren, exemplaren van *Architectural Digest* en *Santa Fe Style* met zorg uitgewaaierd op tafels met granieten bladen.

Uit automatisme registreerde Katz de steensoort: grofkorrelig gelaagd gneis. Een paar meter bij zijn raam vandaan stonden stapels van die granietsoort. Een leuk uitziende receptioniste begroette hen. Toen ze dokter Levy te spreken vroegen bleef ze leuk en vriendelijk.

'Hij is net gaan lunchen.'

'Enig idee waar hij naartoe is?' vroeg Darrel.

'Het Palace,' antwoordde ze.

Ze reden naar het Plaza, vonden een plekje op de stoep en liepen toen naar het Palace Hotel. Dokter Oded Levy zat helemaal alleen in de oude victoriaanse eetzaal, weggedoken in een roodleren hoekzitje, aan een maaltijd van gebakken forel en Coca-Cola Light.

'Hé, Steve,' zei hij. Zelfs in zittende positie was hij imposant. Katz wist dat hij tegen de één meter vijfennegentig moest zijn, met een slank postuur en brede schouders. Hij had een gebruinde huid en droeg zijn zwarte krullende haren kort.

'Dokter Levy.' Katz stelde Two Moons aan hem voor.

'Ik verwacht dat jullie het razend druk hebben op dit moment,' zei dokter Levy. 'Jullie verdienen absoluut een goede lunch.' Het accent van de chirurg was nauwelijks waarneembaar. Zijn handen waren als honkbalhandschoenen zo groot, met lange, perfect gemanicuurde, smalle vingers. Zijn karmozijnrode zijden stropdas hing losjes geknoopt over een hemelsblauw overhemd waarvan het bovenste knoopje open was. Een donkerblauw kasjmieren colbert hing keurig gevouwen over de rand van het zitje.

'Waarom denkt u dat we het druk hebben?' vroeg Katz.

'Vanwege de moord op de heer Olafson. De *Santa Fe New Mexican* staat er bol van. Het *Albuquerque Journal* ook trouwens.'

'Ik heb nog geen tijd gehad om de krant te lezen,' zei Two Moons.

'Dat is misschien maar goed ook,' antwoordde Levy. 'En

Valerie heeft aan Sarah verteld dat je aan deze zaak werkt.'
Levy gebaarde naar rechts. Naar de plek waar zijn colbert
hing. 'Nu jullie hier toevallig toch zijn, ga zitten.'
'Eerlijk gezegd zijn we speciaal gekomen om met u te praten,' zei Darrel.
Levy's wenkbrauwen schoten omhoog. 'Is dat zo? Nou,
neem plaats en vertel me eens waarom.'
De chirurg ging verder met zijn lunch terwijl Katz het hem
vertelde. Nauwkeurig verdeelde hij zijn forel in exact gelijke stukjes voor hij de vis aan zijn vork prikte, vervolgens bestudeerde hij elk hapje voordat hij het met smaak in zijn
mond stak. Toen Katz klaar was met zijn verhaal, zei hij:
'Hij heeft vorig jaar geprobeerd Sarah uit te kopen, en toen
hem dat niet lukte heeft hij gedreigd haar zakelijk kapot te
maken.'
'Had hij een bepaalde reden om haar weg te willen hebben?' vroeg Katz.
Levy dacht daar even over na. 'Ik geloof het niet. Sarah
had het gevoel dat het *Schadenfreude* was.'
'Wat is dat?' vroeg Darrel.
'Dat is Duits voor het beleven van plezier aan andermans
leed,' zei Levy. 'Olafson was een man met grote zucht naar
macht en volgens Sarah wilde hij heer en meester zijn over
het hele kunstwereldje van Santa Fe. Sarah is gevestigd, suc-
cesvol en iedereen mag haar graag. Voor een man als hij was
zij een aantrekkelijk doelwit.'
'Dat moet geen pretje geweest zijn, dokter,' zei Katz. 'Zo'n
vent die zijn volle geschut op je vrouw loslaat.'
'Interessante woordkeuze bezigt u,' glimlachte Levy.
'Maar nee, dat was inderdaad geen pretje, hoewel ik me geen
zorgen maakte.'
'Waarom niet?'
'Omdat Sarah heel goed voor zichzelf kan zorgen.' De chirurg nam nog een hapje van zijn forel, dronk een slok van
zijn cola, wierp een blik op zijn flinterdunne horloge en leg-

de geld op tafel. 'Zo, ik ga weer aan de slag.'

'Liposuctie?' vroeg Darrel.

'Een gezichtsreconstructie,' antwoordde Levy. 'Van een vijfjarig meisje dat gewond is geraakt bij een ongeluk op de 25. Mijn favoriete soort chirurgie.'

'Het tegenovergestelde van schaden-nog-wat,' zei Two Moons.

Levy keek hem vragend aan.

'Plezier in het herstel van anderen.'

'Aha,' zei Levy. 'Zo heb ik het nooit bekeken, maar inderdaad, u hebt gelijk. Daar beleef ik erg veel plezier aan.'

Toen ze naar buiten liepen, vroeg Two Moons: 'Wat denk jij?'

'Hij is er groot genoeg voor,' antwoordde Katz. 'Heb je die kolenschoppen van hem gezien?'

'Waarschijnlijk zitten zijn vingerafdrukken wel ergens in een dossier. Verplicht voor alle artsen.'

Ze haalden de Crown Victoria op van het parkeerterrein en Two Moons stapte achter het stuur. 'Het lijkt me toch vreemd... het gezicht van een kind restaureren.'

'Indrukwekkend,' zei Katz.

Een kilometer of twee verder zei Two Moons: 'Het zou jammer zijn als we zo'n man werkeloos moesten maken.'

Terug op het bureau belden ze met de geneeskundige raad en dienden een verzoek in tot het verkrijgen van dokter Oded Levy's vingerafdrukken. Het verwerken van de aanvraag en het verkrijgen van de gegevens zou enige dagen gaan duren. Het was onmogelijk om de informatie rechtstreeks naar de technische dienst te faxen.

'Tenzij we de hoofdcommissaris erop zetten,' zei Two Moons.

'Daar hebben we meer voor nodig.'

'Ik verwacht niet dat Levy ergens heen zal gaan.'

'Denk je dat hij onze man zou kunnen zijn?' vroeg Katz.
'Niet echt, rabbi. En jij?'
'Op het moment weet ik niet meer wat ik overal van moet denken,' zuchtte Katz. 'Dit zaakje begint te stinken. De geur van mislukking.'

Maar tegen het einde van de dag kregen ze een prettige verrassing, hoewel het slechts een kleintje was: de technische dienst was naar Embudo geweest om vingerafdrukken te nemen van Bart en Emma Skaggs, en die klus was nu geklaard. De gegevens waren gescand en de computeruitslag zou rond vijf uur binnenkomen. Iedere twijfelachtige vondst zou handmatig aan verder onderzoek onderworpen worden door het hoofdgenie van de dienst, Karen Blevins.

Two Moons en Katz bleven rondhangen in afwachting van de uitslag, ondertussen de tijd nemend voor een avondmaal bestaande uit een hamburger en friet, het wegwerken van administratieve rompslomp van andere zaken, en het piekeren over andere invalshoeken voor het onderzoek naar de moord op Olafson.

Om halfacht was de noodzaak voor een ander gezichtspunt groter dan ooit: noch de vingerafdrukken van Barton, noch die van Emma Skaggs kwamen overeen met die van de gevonden afdrukken in Olafson Southwest of zijn privé-woning. Emma had de galerie ooit bezocht, maar geen sporen achtergelaten.

Tegen acht uur 's avonds maakten Katz en Two Moons zich afgemat en lusteloos op om te vertrekken. Net voordat ze bij de deur waren, rinkelde de telefoon op het bureau van Katz. Het was agente Debbie Santana.

'Ik heb de opdracht gekregen om de galerie te bewaken terwijl Summer Riley de inventaris doorneemt. Het ziet ernaaruit dat ze iets gevonden heeft.'

Voordat Katz iets kon zeggen, kwam Summer aan de telefoon. 'Jullie raden het nooit! Het gaat inderdaad om diefstal! Er ontbreken vier schilderijen van de lijst.'

Katz was opgetogen. Een motíéf! Nu hoefden ze alleen de dief nog maar op te sporen!

'Maar het is wel een beetje vreemd,' voegde Summer eraan toe.

'Hoezo?' vroeg Katz.

'Er stonden veel duurdere werken die niet gestolen zijn. En alle ontbrekende schilderijen zijn van een en dezelfde kunstenaar.'

'Van wie?'

'Van Michael Weems. Het ziet ernaaruit dat ze een grote fan had. Ze is vernieuwend en zit in de lift, maar ze behoort niet tot de top. Nog niet. Larry was van plan haar naar een hoger prijsniveau te tillen.'

'Wat is de gezamenlijke waarde van die vier schilderijen?'

'Rond de vijfendertigduizend dollar. Althans, dat is Larry's verkoopprijs. Meestal is tien procent ervan voor hem. Geen slechte buit, maar vergeleken met de vier van Weems stonden er een Wendt van honderdvijftigduizend en een kleine Guy Rose die nog veel meer waard is. Die schilderijen zijn er allebei nog. Alles is er nog, behalve de vier werken van Weems.'

'Hebt u de volledige inventaris al doorgenomen?'

'Ik denk dat ik op ruim twee derde ben. Er bestaat een database voor kunstdiefstallen. Ik kan de informatie zelf doorgeven, maar het leek me beter om jullie eerst te bellen. Zal ik jullie de namen van de schilderijen doorgeven?'

'Dat hoeft niet nu, Summer. We komen naar de galerie.'

10

Merry en Max in het zwembad, 2003, 91 x 122 cm, olieverf op doek, $ 7.000,00
Merry en Max aan het ontbijt, 2002, 137 x 152 cm, olieverf op doek, $ 15.000,00
Merry en Max met speelgoedeendjes, 2003, 41 x 61 cm, olieverf op doek, $ 5.000,00
Merry en Max in slaap, 2003, 41 x 61 cm, olieverf op doek, $ 7.500,00

Katz en Two Moons bestudeerden de foto's van de schilderijen.

'Waar gebruiken jullie deze voor?' vroeg Darrel aan Summer Riley.

'Die sturen we aan klanten die geïnteresseerd zijn in werk van de kunstenaar. Of soms gewoon aan mensen van wie Larry denkt dat het iets voor ze zou kunnen zijn.'

Ze sprak nog steeds over haar baas in de tegenwoordige tijd.

Katz keek nog eens goed naar de foto's.

Vier schilderijen, allemaal met hetzelfde onderwerp. Twee naakte, cherubijnachtige blonde kindjes: een peutermeisje en een iets ouder jongetje.

Katz had de twee eerder gezien. Dansend rond de meiboom, op een groter doek in de salon van Larry Olafsons huis. Het schilderij dat de aandacht van zijn ongeoefende oog had getrokken. Het onderwerp was verheven boven het ordinaire omdat Michael Weems echt kon schilderen. Het feit dat Olafson werk van Weems in zijn privé-woning had gehangen kon een marketingstunt zijn: een manier om haar naar een hoger prijsniveau te tillen, zoals Summer dat had genoemd.

Of misschien hield hij gewoon van haar werk.

Net als iemand anders.

Two Moons kneep zijn ogen tot spleetjes bij een van de foto's.

Hij fronste zijn wenkbrauwen en Katz keek over zijn schouder mee. *Merry en Max met speelgoedeendjes.* De kinderen op de rand van het bad met hun ogen op het gele speelgoed gericht. Volledig beeld op hun naaktheid, op de groene tegelvloer een verfrommelde handdoek aan de voeten van het meisje.

Katz schraapte zijn keel. Two Moons stak de foto's in een bewijszak en gaf ze aan Debbie Santana. Hij zei tegen Summer Riley dat ze even in de galerie moest blijven wachten en nam Katz mee naar het voorste vertrek. Het tape met de contouren van Olafsons lichaam zat nog steeds op de hardhouten vloer geplakt, en Katz betrapte zichzelf op de gedachte aan een stilleven. Hij stelde zich voor hoe een van die kleine roestkleurige bloedvlekjes op een schilderij zou zitten ten teken dat het verkocht was.

Two Moons vroeg: 'Wat vind jij van die schilderijen?'

'Het doet er niet toe wat ik ervan vind,' antwoordde Katz.

'Jij vindt het kinderporno.'

Darrel krabde aan een neusvleugel. 'Misschien zie jij het als kinderporno en doe jij nu precies wat psychologen altijd zeggen: jouw gevoel op mij projecteren.'

'Hé, bedankt, dokter Freud,' zei Katz.

'Dokter Schadenfreude.'

Katz lachte. 'Eerlijk gezegd weet ik niet precies wat ik van die schilderijen vind. Ik heb er een bij Olafson thuis zien hangen, en dat vond ik mooi. Artistiek gezien. Maar als je er vier tegelijk ziet, en dan vooral het laatste waar jij naar keek...'

'De manier waarop het meisje zit,' zei Darrel. 'Je weet wel: beentjes uit elkaar, die handdoek op de grond... Dat hebben we vaker gezien.'

'Dat ben ik met je eens,' zei Katz, 'maar aan de andere kant zijn het duidelijk kinderen die Michael Weems kent.

Misschien zelfs wel haar eigen kinderen. Elke artiest heeft een muze… in dit geval misschien twee. Mensen keren telkens terug naar hetzelfde onderwerp.'

'Zou jij hier iets van in je eigen huis hangen?'

'Nee.'

'Olafson deed het wel,' zei Darrel. 'Hetgeen waarschijnlijk betekent dat hij meer dan puur professionele belangstelling voor Weems had. Misschien kickte hij op het onderwerp.'

'Homo en hetero en gemeen en verknipt,' zei Katz. 'Heel goed mogelijk.'

'Vooral bij deze vent, Steve. Het is net een ui: bij elke laag die we er afpellen begint hij harder te stinken.'

'Het doet er niet toe wat hij nu wel of niet gedaan heeft, in ieder geval is er iemand die die schilderijen zo graag wilde hebben dat hij het de moeite waard vond er een moord voor te plegen. En dat past in het scenario van moord zonder voorbedachten rade. Onze dader kwam voor de schilderijen, niet voor Olafson. Of hij heeft geprobeerd in te breken, is daarbij op heterdaad betrapt door Olafson en dat is op een confrontatie uitgelopen. Of hij is naar binnen gestapt en heeft ze opgeëist voor het tot een confrontatie kwam.'

'Klinkt logisch, ja,' zei Two Moons. 'Hoe dan ook hebben de twee ruzie gekregen en heeft Olafson zich opgesteld op zijn welbekende verwaande, arrogante manier. Hij draait zich op een bepaald moment om, en *beng*.'

'En een flinke *beng* ook,' zei Katz. 'Summer zei dat Olafson foto's rondstuurde naar iedereen die interesse toonde in een bepaalde schilder. Laten we maar eens kijken wie er belangstelling had voor Weems.'

Er waren vijftien klanten die informatie hadden ontvangen over Weems: vier in Europa, twee in Japan, zeven aan de oostkust, en twee klanten uit de regio. Het ging om mevrouw Alma Maarten en om dr. en mevrouw Nelson Evans Aldren, allen woonachtig in de chique wijk Las Campanas, een bewaakt golfresort met ruitergebied waarop huizen stonden met schitterend uitzicht.

Katz vroeg aan Summer Riley of ze mevrouw Maarten en de heer en mevrouw Aldren kende.

'Ja hoor,' antwoordde ze. 'Alma Maarten is echt een schatje. Ze is een jaar of tachtig en zit in een rolstoel. Het schijnt dat ze vroeger in haar jonge jaren de geweldigste feesten gaf. Larry hield haar op de mailinglijst om haar het gevoel te geven dat ze er nog steeds bij hoorde. Dokter en mevrouw Aldren zijn iets jonger, maar ik denk niet veel. Misschien begin zeventig. Joyce, mevrouw A., is de kunstliefhebber van de twee.'

'Wat voor soort arts is de echtgenoot?'

'Volgens mij was hij cardioloog. Maar hij is nu gepensioneerd. Ik heb hem maar één keer ontmoet.'

'Grote vent?'

Summer lachte. 'Eén meter tweeënzestig misschien? Waarom vraagt u dit allemaal? Larry is niet vermoord door een klant. Dat weet ik zeker.'

'Waarom weet u dat zo zeker?' vroeg Two Moons.

'Omdat ze allemaal van hem hielden. Dat hoort er nu eenmaal bij als je de grootste galeriehouder bent.'

'Wat?'

'Goed kunnen opschieten met je klanten. Weten welke kunstenaar het beste bij je cliënt hoort. Een soort van koppelen.'

'Dus Larry kon goed koppelen,' constateerde Katz.

'Geweldig.' Er trok een waas van tranen voor de ogen van de jonge vrouw.

'U mist hem.'

'Ik heb zo verschrikkelijk veel van hem geleerd,' zei ze. 'Hij zei dat ik rechtstreeks onderweg was naar de top.'

'Als zelfstandig galeriehouder?'

Summer knikte driftig. 'Larry zei altijd dat ik het in me had. Hij was van plan me de leiding te geven van een gloednieuwe galerie, waar we indiaans aardewerk zouden gaan verkopen. Ik zou zijn zakenpartner worden. En nu...' Ze zwaaide haar armen in een hulpeloos gebaar de lucht in. 'Kan ik nu gaan? Ik ben doodmoe.'

'Die kinderen op de schilderijen,' zei Darrel.

'Merry en Max. Dat zijn Michaels kinderen. Ontzettende schatjes en ze weet hun essentie op een briljante manier vast te leggen.'

Dat laatste klonk als een zin die rechtstreeks uit een catalogus kwam.

Katz vroeg: 'Waar woont Michael?'

'Hier, in Santa Fe. Ze heeft een huis net ten noorden van het Plaza.'

'En het adres?'

Theatraal zuchtend bladerde Summer door een Rolodex. Ze vond het kaartje en wees met een vinger het adres aan.

Michael Weems woonde aan Artist Road.

'Kan ik nu gaan, alstublieft?' vroeg ze. En toen, met een diepere stem, meer tegen zichzelf dan de rechercheurs: 'Godverdomme! Kan ik weer van voren af aan beginnen.'

Ze huilde toen ze wegging.

Voordat ze zich op weg begaven naar de uitbeeldende kracht van Merry en Max, gingen de rechercheurs eerst aan de slag met de computer.

Geen strafbare feiten voor Michael Weems, hoewel daar eerst wat verwarring over ontstond. Er bestond een man in Marion, Illinois, die gevangenzat wegens een overval. Michael Horis Weems, zwart, van het mannelijk geslacht, zesentwintig jaar oud.

Two Moons zei: 'Misschien heeft ze een geslachtsverandering ondergaan.'

'Dat zou zomaar kunnen.' Katz trok zijn rode snor op. 'Ik geloof ondertussen alles.'

Michael Andrea Weems was goed voor vierenvijftig hits

op Google. Het waren voornamelijk overzichten van tentoonstellingen die bijna allemaal plaatsgevonden hadden in de beide galeries van Olafson in New York en Santa Fe. Maar hit nummer tweeënvijftig was letterlijk de uitzondering die de rechercheurs naar adem deed happen.

Een klein artikeltje uit de *New York Daily News*, en te zien aan de schrijfstijl eerder afkomstig uit de roddelrubriek dan het resultaat van serieuze verslaggeving.

Vorig jaar was de opening van een tentoonstelling waarop Michael Weems een twaalftal nieuwe Merry-en-Max-schilderijen presenteerde, verstoord door de verschijning van de vervreemde echtgenoot van de kunstenares, een dominee en zelfbenoemd 'spiritueel begeleider' luisterend naar de naam Myron Weems.

De ziedende Myron had bezoekers geschokt door hen te beschuldigen van het 'steunen van een zondig hol' en voor het 'gapen naar rotzooi'. Voordat medewerkers van de galerie de kans kregen ertussen te komen, was hij op een van de schilderijen af gedoken, had het van de muur getrokken, zijn vuist tegen het doek geslagen en het kunstwerk dusdanig beschadigd dat het niet meer te herstellen viel. Op het moment dat hij dat wilde herhalen bij een tweede schilderij, lukte het omstanders en een beveiligingsagent om de tierende man in bedwang te krijgen.

De politie was erbij gehaald en Myron Weems was gearresteerd.

Verder niets.

Katz zei: 'Ik krijg hier een bepaald gevoel bij.'

Two Moons zei: 'Ik geloof dat we zíjn naam maar eens in moesten typen.'

Vijf van de zes hits gingen over diensten van Myron Weems' kerk in Enid, Oklahoma. Veel verwijzingen naar hel en verdoemenis. Een paar directe verwijzingen naar 'vuiligheid zoals pornografie'. De zesde hit was hetzelfde artikel uit de *New York Daily News*.

'Is er geen aangifte gedaan?' vroeg Katz zich af.

'Dan moeten we even kijken in onze eigen database,' zei Two Moons. 'Eens zien of we iets over een kort geding tegenkomen.'

Een halfuur later hadden ze nog steeds niets gevonden wat erop duidde dat Myron Weems aansprakelijk was gesteld voor zijn woede-uitbarsting.

Two Moons kwam overeind en rekte zijn grote lange lijf uit. 'Hij vernedert zijn vrouw, ruïneert haar werk, en zij doet geen aangifte?'

'Gescheiden van tafel en bed,' zei Katz. 'Midden in de echtscheidingsprocedure dus. Misschien zaten ze in een ingewikkelde situatie. Misschien is het incident gebruikt om betere voogdijregels of alimentatie te krijgen. Of misschien heeft Myron zijn excuses aangeboden. Ze schildert de kinderen tenslotte nog steeds.'

'Ik weet het zo net nog niet hoor, Steve. Die man houdt er een bepaalde overtuiging op na, iets met zijn kinderen. Ik zie hem daar nog niet over onderhandelen.'

Katz dacht bij zichzelf: welkom in de wereld van echtelijke twisten, partner. Hij zei: 'Even iets anders: Myron had een band met Olafson die losstond van de kunstwereld. Hij heeft Olafson geholpen van de drank af te komen.'

'Des te meer reden om woedend op hem te zijn, Steve. Hij begeleidt de man, en vervolgens stelt diezelfde man het werk van zijn ex-vrouw tentoon en wordt er een markt gecreëerd voor iets wat hij als smerige plaatjes beschouwt. Ik moet zeggen dat ik me begin af te vragen hoe groot die Myron is.'

Eén telefoontje naar Oklahoma Motor Vehicles was genoeg om die vraag te beantwoorden. Myron Manning Weems was een vijfenvijftig jaar geleden geboren blanke, van het mannelijk geslacht. Maar relevanter was dat hij te boek stond als één meter zesennegentig lang en 125 kilo zwaar. Ze verzochten een kopie per fax van Weems' rijbewijs.

'Als er 125 staat, dan is de kans groot dat het in werkelijkheid 135 is,' stelde Two Moons vast. 'Iedereen liegt daarover.'

De fax begon te ratelen. De gekopieerde pasfoto was klein en ze vergrootten hem op het kopieerapparaat.

Myron Weems had een opgeblazen gezicht, een bos warrig grijs haar, en een vlezige, vooruitstekende kin met een kuiltje. Een piepkleine bril balanceerde dwaas op zijn aardappelneus. Zijn nek was zelfs nog dikker dan zijn hoofd en zat vol plooien, het leek wel een opgebonden rollade. Het totaalbeeld was dat van een afgetakelde football-stopper van het collegeteam.

'Een grote jongen,' zei Two Moons.

'Een heel grote jongen,' antwoordde Katz. 'Ik vraag me af of hij toevallig in de stad is.'

Toen de rechercheurs Myron Weems thuis probeerden te bellen in Enid, Oklahoma, werden ze doorgeschakeld: 'U bent verbonden met het antwoordapparaat van dominee doctor Myron Weems...' Een gladde stem die verrassend jongensachtig klonk. Weems' bericht eindigde met een zegen waarin hij de beller 'spirituele en persoonlijke groei' toewenste.

Ook bij zijn kerk kregen ze hem niet te pakken. En nergens stond geregistreerd dat Weems in de afgelopen zestig dagen naar of van Albuquerque gevlogen was.

De daaropvolgende drie uur brachten Katz en Two Moons door met bellen naar elk hotel in Santa Fe, voor ze hun speurtocht uitbreidden en ten slotte beethadden bij een goedkoop motel ten zuiden van de stad, niet meer dan drieënhalve kilometer van het bureau.

Ze reden ernaartoe en spraken met de portier, een Navajo-jongen van begin twintig met ultrasteil zwart haar en een sprietig snorretje. Drie dagen geleden had Myron Weems zich daar onder zijn eigen naam ingeschreven. Hij was gekomen in een wagen waarvan de kentekenplaten naar behoren geregistreerd stonden. Een Jeep Cherokee uit 1994, hetgeen overeenkwam met de informatie die ze uit Enid hadden gekregen. Weems had een week vooruitbetaald. De portier, Leonard Cole, had hem de vorige dag nog gezien.

'Weet je het zeker?' vroeg Katz.

'Honderd procent,' antwoordde Cole. 'Die zie je niet over het hoofd. Hij is gigantisch.'

Two Moons vroeg: 'En sindsdien heb je hem niet meer gezien?'

'Nee, meneer.'

Cole wierp een blik op de klok. In de achterkamer stond een televisie te schetteren. De portier leek te popelen om terug te keren naar zijn tv. Hij haalde een sleutel tevoorschijn en vroeg: 'Willen jullie zijn kamer bekijken?'

'Dat mogen we niet zonder bevel. Maar jij zou natuurlijk wel naar binnen kunnen gaan als je je bijvoorbeeld ergens zorgen over maakte.'

'Zoals wat bijvoorbeeld?' vroeg Cole.

'Een gas- of waterlek, bijvoorbeeld.'

'We hebben hier geen gas, alles werkt op elektriciteit,' zei Cole. 'Maar de douches willen nog wel eens lekken.'

Ze volgden Cole naar de kamers op de begane grond. Cole klopte aan, wachtte, klopte nog een keer, en gebruikte toen zijn loper. Ze lieten hem als eerste naar binnen gaan. Hij hield de deur wijd open en keek om zich heen.

Alles was schoon en opgeruimd. Er stonden vier schilderijen tegen een wand, naast het opgemaakte eenpersoonsbed.

Katz dacht: het zal geen pretje zijn geweest voor een man van die omvang om op een dergelijk bed te slapen. Maar een stuk gemakkelijker vol te houden als je weet waar je het voor doet.

En de reden waarom hij het had gedaan, was overduidelijk: op een imitatiehouten commode lag een groot stanleymes. Het buitenste schilderij was een grote massa opkrullende canvasslierten, nog steeds bijeengehouden door de lijst.

Leonard Cole keek achter het schilderij en zei: 'Ze zijn allemaal kapotgesneden. Behoorlijk bizar.'

Two Moons gaf hem de opdracht de kamer te verlaten en af te sluiten. 'We sturen een paar agenten langs om de boel in de gaten te houden. Ondertussen mag je niemand naar binnen of naar buiten laten. Als Weems op komt dagen, moet je ons onmiddellijk bellen.'

'Is deze vent gevaarlijk?'

'Waarschijnlijk niet voor jou.' Katz pakte zijn mobiele telefoon. 'Maar zorg maar dat je hem niet in de weg loopt.' Hij regelde geüniformeerde bewaking en een opsporingsbevel voor Myron Weems' Jeep Cherokee. Toen pas keek hij zijn partner aan. 'Denk jij wat ik denk?'

'Zeker weten,' antwoordde Two Moons. 'Rijden.'

De beide rechercheurs haastten zich naar de Crown Victoria.

Zoveel woede.

De ex-vrouw.

11

Het adres leidde naar een onder architectuur gebouwd huis aan Artist Road, een paar blokken ten oosten van Bishop's Lodge Road, vlak bij Hyde Park. Het was slechts vijfentwintig kilometer van het skigebied, en de lucht rook er al ijl en zoet.

Het terrein werd verlicht door sfeerverlichting die een zacht beeld bood op een milieuvriendelijk aangelegde tuin met locale grassoorten en heesters, uitgehouwen rotsen, en een kring van met sneeuw bedekte pijnbomen. Er lag een pad van Arizona-flagstones naar de oudgrijze teakhouten voordeur met koperen beslag dat voorzien was van verfijnd patina. Niemand reageerde op het kloppen van Two Moons. Hij duwde de klink naar beneden. Open.

Katz dacht: alweer zo een die haar voordeur niet afsluit. Bijzonder dom, in dit geval. Het was onmogelijk dat de vrouw haar geschifte ex-man niet verdacht van de moord op Olafson. Hij trok zijn pistool uit zijn heupholster.

Two Moons deed hetzelfde. Zijn wapen met twee handen omvattend, riep Darrel Michael Weems' naam.

Stilte.

Ze liepen door de hal naar de woonkamer. Niemand te zien, maar alle lichten brandden. Hoge plafonds en schitterende zuilen en dwarsbalken. De onmisbare Mexicaanse open haard. Het was een smaakvol ingericht huis: verweerd zwaar meubilair dat zich goed hield in het droge weer dat een zachtere uitstraling kreeg door enkele Aziatische antieke stukken. Mooie leren banken. Versleten, maar duur uitziende vloerkleden.

En het was er verdomme veel te stil.

Er hingen geen schilderijen aan de muur. Alleen maar kaal stuukwerk: gebroken wit met een vleugje lichtblauw. Vreemd, dacht Two Moons. Maar ja, zaken gingen nu eenmaal voor, en in dit geval was haar eigen huis het kind van de rekening.

Over kinderen gesproken! *Waar waren de kinderen?*

Two Moons' hartslag versnelde.

Misschien sliepen ze bij een vriendje of vriendinnetje. Of misschien was de wens wel heel erg de vader van die gedachte.

Openslaande deuren achter in de kamer leidden naar een schemerig verlichte loggia. Er stonden tuinmeubels en een barbecue, net als bij iedereen.

Weer binnen zagen ze dat de keuken rommelig was, ook precies zoals overal.

Foto's van de kinderen op een schoorsteenmantel.

Schoolfoto's. Merry en Max, braaf lachend naar de fotograaf.

Waar waren de kinderen in godsnaam?

'Mevrouw Weems,' brulde Two Moons. Zijn maag verkrampte. Hij dacht aan zijn eigen kinderen. Hij probeerde die gedachte te onderdrukken, maar hoe harder hij dat probeerde, hoe duidelijker hun gezichten op zijn netvlies verschenen. Het leek wel een godvergeten Chinese puzzel.

Rustig, Darrel.

Zijn vaders stem.

Ontspan je.

Dat hielp een beetje. Hij keek Katz van opzij aan en maakte met zijn hoofd een gebaar naar links, naar een doorgang die naar een gang leidde.

Ze konden nergens anders naartoe zonder om te keren. Katz dekte hem in de rug.

De eerste deur aan hun rechterhand gaf toegang tot een kleine-meisjeskamer. Met tegenzin stapte Two Moons naar binnen, maar hij had geen keus. Hij hield zijn pistool naar de grond gericht voor het geval het kind in haar bed lag te slapen en hem niet had horen roepen. Hij wilde geen ongelukken.

Leeg.

Dat was minder goed dan het aantreffen van een slapend kind, maar een stuk beter dan het vinden van een lijk.

De kamer was roze en vol tierelantijntjes en vrolijk, met een onopgemaakt bed. Plastic plakletters op de muur boven het hoofdeinde: M E R R Y.

De kamer van Max lag ernaast. Ook leeg. Een typische jongenskamer vol Matchbox-autootjes en actiehelden.

De laatste deur leidde naar een slaapkamer van een volwassene. Witgesausde muren, een ijzeren bed, een enkel vurenhouten nachtkastje, en verder niets. Dus ook geen lijk.

Waar was ze?

Waar waren de kinderen?

'Mevrouw Weems?' riep Katz. 'Politie.'

Niets.

Aan hun rechterhand was nog een stel openslaande deuren die toegang boden tot een tweede loggia. Two Moons ademde hoorbaar uit. Katz volgde zijn blik door de ruit. Daarbuiten stond een vrouw in de sterke lichtbundel van een spot, achter een draagbare ezel, te schilderen. Het uiteinde van het ene penseel in haar mond, het andere in de gehandschoende hand terwijl ze haar doek bestudeerde... beoordeelde, ontleedde. Achter haar zagen ze een steile, met sneeuw bedekte heuvel.

Ze zette een paar vlugge streken op het doek en stopte toen weer om naar haar werk te kijken.

Katz en Two Moons keken tegen de achterkant van de ezel. Ze stonden in het volle blikveld van de kunstenares, als ze hun kant op zou kijken.

Dat deed ze niet.

Michael Weems leek eind dertig, minstens vijftien jaar jonger dan haar ex. Ze had scherp getekende jukbeenderen en een puntige, duidelijk aanwezige neus. Een mooi lichaam en lange, slanke benen. Ze had een gewatteerd wit ski-jack aan boven een in laarzen gestoken legging. Geelgrijs haar zat naar achteren gevlochten in een lange vlecht die over haar linkerschouder viel. Een zwarte, rafelige sjaal rond haar hals. Geen make-up op haar gezicht, maar wel een door de zon verbrande kin en wangen.

Nog zo eentje die dacht dat ze Georgia O'Keeffe was, dacht Katz.

Two Moons tikte zachtjes tegen het raam en eindelijk keek Michael Weems op van haar schilderwerk.

Een korte blik voor ze weer verderging met dat wat ze aan het doen was.

De rechercheurs stapten de loggia op.

'Jullie zijn van de politie,' zei ze nadat ze het penseel uit haar mond had gehaald en op een tafeltje had gelegd. Vlak bij een bus terpentine, een flinke stapel lappen, en een glazen palet vol rondjes verf.

'Dat klonk alsof u ons al verwachtte, mevrouw.'

Michael Weems glimlachte en schilderde verder.

'Waar zijn de kinderen, mevrouw Weems?' vroeg Two Moons.

'Veilig,' antwoordde ze.

Two Moons voelde een enorm gewicht van zijn schouders glijden.

'Veilig?' vroeg Katz. 'Als in "veilig voor uw ex-man"?'

Michael glimlachte raadselachtig.

'Hij is in de stad, weet u,' zei Katz.

De kunstenares reageerde niet.

'We hebben vier van uw schilderijen in zijn hotelkamer gevonden.'

Michael Weems stopte met schilderen. Ze legde haar penseel op de tafel, naast de stapel lappen. Sloot haar ogen. 'God zegene jullie,' zei ze zachtjes.

'Helaas, mevrouw, zijn ze allemaal geruïneerd.'

Michaels ogen schoten open. Donkere, dramatische ogen tegen de achtergrond van haar lichte haren. Havikachtig en zonder vergiffenis.

'Helaas,' antwoordde ze. Het klonk nagebootst. Ze staarde langs de rechercheurs.

Katz zei: 'Het spijt me, mevrouw Weems.'

'Is dat zo?'

'Ja zeker, mevrouw,' antwoordde Katz. 'U hebt veel energie gestoken in die...'

'Hij was een duivel,' zei Michael Weems.

'Wie?'

Ze wees met een gekromde vinger over haar schouders naar de heuvel achter haar. Een zachtglooiende helling met sneeuwhoopjes, rode rotsblokken, pijnbomen, jeneverbesstruiken en cactussen.

Michael Weems draaide zich om, liep naar de balustrade van de loggia en staarde naar beneden.

Verstrooid licht bood de rechercheurs zicht op een ondiepe greppel die aan haar terrein grensde. Te klein om bestempeld te kunnen worden als ravijn, eerder een geul die onderbroken werd door grind en onkruid en stenen.

Een meter of zes rechts van het midden lag iets groters.

Het lichaam van een man.

Op zijn rug, met zijn buik omhoog.

Een enorme buik.

Myron Weems' mond stond open in blijvende verrassing. Zijn ene hand was onnatuurlijk gespreid, de ander lag naast zijn boomdikke dijbeen.

Zelfs in het donker en van deze afstand zagen Katz en Two Moons het gat in zijn voorhoofd.

Michael Weems liep terug naar de tafel en tilde wat lappen van de stapel. Eronder lag een revolver; eentje die eruitzag als een oude Smith & Wesson.

Een cowboyrevolver.

'Geef me dekking,' fluisterde Two Moons.

Katz knikte.

Langzaam liep Darrel op haar af, zijn ogen vastgekleefd aan Michaels handen. Ze leek niet in het minst verstoord of zelfs maar bezorgd toen hij het wapen pakte en de vijf kogels uit het magazijn schudde.

Weems had haar aandacht weer op haar schilderij gericht.

Katz en Two Moons stonden nu zo dat ze het onderwerp konden zien.

Merry en Max, staand aan de balustrade van een loggia, beiden naakt. Starend, met een mengeling van ontzetting en genot – de genotzalige kinderlijke ontdekking dat alles slechts een nachtmerrie was – naar het lichaam van hun vader.

Michael Weems richtte haar penseel op een rondje rode verf op haar palet, en maakte het gat in het voorhoofd nog iets roder.

Ze werkte vanuit haar geheugen, zonder een blik te werpen op het voorbeeld.

Het was een perfecte weergave.
Deze vrouw had absoluut talent.